全民微阅读系列

一个人的车站

徐树建 著

江西高校出版社

图书在版编目(CIP)数据

一个人的车站/徐树建著.—南昌:江西高校出版社,2019.1(2024.9重印)

(全民微阅读系列)

ISBN 978-7-5493-7875-3

Ⅰ.①一… Ⅱ.①徐… Ⅲ.①小小说—小说集—中国—当代 Ⅳ.①I247.82

中国版本图书馆 CIP 数据核字(2018)第 233264 号

出版发行	江西高校出版社
社　　址	江西省南昌市洪都北大道96号
总编室电话	(0791)88504319
销售电话	(0791)88522516
网　　址	www.juacp.com
印　　刷	北京一鑫印务有限责任公司
经　　销	全国新华书店
开　　本	700mm×1000mm　1/16
印　　张	14
字　　数	180千字
版　　次	2019年1月第1版 2024年9月第2次印刷
书　　号	ISBN 978-7-5493-7875-3
定　　价	58.00元

赣版权登字 -07-2018-1222

版权所有　侵权必究

图书若有印装问题,请随时向本社印制部(0791-88513257)退换

目录 / CONTENTS

明月心　　/001

等待　　/004

永远的英雄　　/007

失却的故园　　/009

一个人的车站　　/012

请带上她　　/014

对崇高的敬意　　/016

没有回忆的人　　/018

一样的爱　　/021

不灭的灯　　/024

挽歌　　/027

一对诚信人　　/030

拣来的年货　　/033

绝唱　　/036

点燃一支烛光　　/038

琥珀之恋　　/039

守在校门口的母亲　　/041

再见,校园　　/044

拯救点点　　/046

最后一课　　/049

悔　　/051

一双回力球鞋　　/054

都市狼人　　/056

饥饿的年代　　/058

今年暑假真长啊　　/061

愤怒的老鼠　　/064

父亲的耻辱　　/066

雪中燃烧　　/068

为母亲洗头　　/070

一杯热水　　/073

姐姐的手　　/075

四郎探母　　/077

乡下一夜　　/079

两只恋爱的猪　　/081

卑微的爱　　/083

吃顿饺子过大年　　/085

爱炒作的老师　　/089

那年月的爱情　　/091

时间都去哪了　　/093

最后一次拥抱　　/095

我妈老了　　/097

父亲的命根子　　/100

玫瑰分外红　　/102

最难忘的那一次　　/104

向老人致敬　　/106

但愿人长久　　/107

绿色的记忆　　/111

双份大排面　　/114

最美的童心　　/117

吃过了吧　　/119

心结　　/122

有洁癖的乡村少年　　/124

最美儿女　　/127

寒夜星光　　/130

最美的误会　　/133

收废旧的老父亲　　/135

回家的路　　/138

变心的妻子　　/141

老将出马　　/143

请你找钱　　/146

迷信的老爸　　/148

女儿的虚荣　　/150

胖老板的狠心　　/153

除夕夜的敲门声　　/156

一杯水的力度　　/158

父爱的极限　　/162

青春的怒气　　/164

咱爸咱妈要分居　　/167

鲜红的中国结　　/170

封存回忆　　/172

誓言　/174

美丽的心结　　/178

最醉人的团圆　　/180

卑微的浪漫　　/184

我们身后的人　　/186

世间最美的大餐　　/189

爸妈的人生规划　　/192

同学会　/194

面对灾难　/196

妻子的心愿　/198

侮辱　/201

咱当兵的人　/203

母亲的心愿　/206

最后一课　/208

报答　/210

老鞋匠和小乞丐　　/211

夏日温情　/214

最小气的人　　/216

明　月　心

月月长得很好看,可我们从不跟她玩,因为她是个哑巴。当我们乱七八糟地一首接一首地唱儿歌时,她只会睁着一双大眼睛东瞧瞧西望望,一副可怜巴巴的样子。

夏夜里月亮真亮,在树西头小树林边的草坪上,我们大呼小叫地躲猫猫、捉萤火虫、讲故事,队伍中自然没有月月的份,她只能在一旁静静地看,悄悄地乐。小大人说:"月月,你看天上的月亮,多美多亮,可你呢?连句话都不会讲,你真白起了这个好名字。"月月的头一下子低了下去。

夜渐渐地深了,已隐约听到各自的爸妈尖起嗓子喊我们回家睡觉了。可我们还没有疯够,吸引人的故事还没有听完,我说:"要不我们明天晚上再玩好不好?"

大伙说好啊,正要散,小大人忽然叹口气,说:"可是我听说明天要下雨的,雨一下就没有月亮了,没有月亮大人们是不会让我们出来玩的。"

小大人这一说我们也一起担心起来,是的是的,黑漆漆的晚上大人从不让我们出来,因为看不清路,以前有人掉下坑摔伤了腿,还有人看到白亮亮的路,可一脚踩上去却是道水沟。

我们愁坏了,这时大人们的声音更高了,声音里还带着怒气,这就意味着再不回家就要挨打了,大伙顿时一哄而散。我看到月月跑得飞快,急急忙忙的样子,可是她的爸妈脾气最好了,从不打

她的,她跑得这么快干什么?

我回家必须要从月月家门前经过,月月家的院门开着,我无意中一看,正好看到月月,她家的院子亮得像白天一样。此刻地上有一个大大的玻璃瓶子,月月的手里拿着一个勺子,先往空气中一舀,再小心翼翼地倒入瓶子中。可是,勺子中什么也没有啊!

妈妈又在喊我了,我不敢再逗留,心里说一句:傻丫头!便飞奔回了家。

第二天果然下了雨,虽说雨像丝线一样并不大,但我们还是忧愁,好在天黑的时候雨停了,但月亮没有升上来。

我趁妈妈不注意,花遮柳掩地溜到了村西,毯子一样的草坪上,小大人他们果然到了,大伙全是悄悄地溜出来的。让我们这些十一二岁的小孩老老实实待在家里,除非拿绳子捆上。

我们立即欢呼着疯了起来,可是只疯了一会儿就有点蔫了,因为没有月亮的晚上,干什么都看不清,我们看不到彼此的笑容,找不到藏在草丛中的青蛙,甚至连讲故事都有点气闷,因为看不清听众脸上夸张的表情。

就在这时有人跑了过来,一边跑一边"啊啊"直叫,是月月。

月月的怀里抱着一个大大的玻璃瓶,瓶子有点重,所以她跑得跌跌撞撞的。当跑到我们面前后,她放下瓶子,先弯下腰狂喘一会儿,再打开瓶子,从怀里掏出勺子,把勺子伸进瓶子内,一舀,再抽出来,像泼水一样,往空中一洒。

所有人全愣住了,不明白月月在搞什么,月月继续卖力地洒,一边手舞足蹈地"啊啊"地叫着、比画着。

我忽然福至心灵,一下子明白昨夜月月在干什么了,昨夜她把水银一样的月光储存在了玻璃瓶内。我尖叫起来:"月月在洒月光哩!"

只有我晓得这个秘密,他们都不晓得,我激动得脸都红了,结结巴巴地把昨夜看到的事说了。

小大人迟迟疑疑地开了口:"可是,月光储存不了吧……"

更多的伙伴尖叫起来:"能的、能的,看,亮了、亮了!"

真的,像魔术一样,更像童话一样,月月每一勺子泼过,便泼出一道亮光,像泼出四溅的焰火,周围越来越亮、越来越白。

小大人定定地瞧着,现在我们可以看清他吃惊的脸了,忽然他恍然大悟似的大叫起来:"不是月月洒的月光,是月亮出来了!"

不知什么时候月亮升上了天空,天地明晃晃一片。

我愤怒地喊叫起来:"不是月亮出来,是月月泼出来好多的月光,然后月光引出了月亮,就是月月……就是!"

伙伴们也一起尖叫:"是月月,就是月月!"

小大人同意了,然后我们看到月月洁白的小脸悄悄地红了。

这时一个大人走了过来,我们全认识他,他是学校内的老师,外地人,听大人们一脸崇拜地说,这位老师可有文化了,是大学生,还会写诗呢。学校靠近这儿,估计老师是被我们吵醒的。

老师一脸认真地对月月说:"你叫月月吧?想不到你像诗人呢,不,比诗人还有诗心。嗯,这样好了,我给你改个名字,从此你就叫'明月心',好不好?"

"明月心,明月心。"我们围着月月一起拍手大叫起来,月月羞涩地笑了,脸更红了。

等 待

一 夜遇

身材修长、性格娴静的丁香在一座古色古香的江南小镇上开了一家油画培训班,丁香温婉,油画瑰丽,古镇小桥流水,所以丁香的工作是世界上最美丽的工作。如果说非要找出一点缺陷的话,那就是每天收工略有些晚,不过这也好,白天的繁华退却后,丁香正好可以充分享受古镇那优雅沉静、富贵内敛的夜色。

丁香每天上下班都要经过一座石桥,石桥不知建于何年何月,外观古朴,色彩斑斓,桥下的流水清澈晶莹剔透。这是个天下无双的地方,总能给丁香以无限遐思。

这天晚上丁香走到桥上时,一抬头看到一个青年男子静静地站着,男子面目清朗,腰板笔直,手里拿着一朵娇艳欲滴的红玫瑰,那样子像是在等待一场浪漫甜蜜的约会。

在这样的桥上、这样的夜晚,等待心爱的恋人,该是何等情怀?

二 夜雨

第二天晚上,走到桥上时已是细雨霏霏,水面上盛开无数的小花。丁香一眼看到昨天那男子依旧站在桥上,手里的红玫瑰已变成两朵。丁香正碎步经过他身边,男子说话了:"小姐,你忘了带伞吗？给你。"男子把伞递了过来。

丁香说："把伞给我,你怎么办？"

男子微笑着说："没事的,我会找个地方避雨的。"

丁香咬着嘴唇问："昨天你没等到人吗？"

男子点点头,说："不过没关系,我会耐心等下去的,再见！"

三　夜归

第三夜,夜已浓黑,丁香才干完手头的事。当来到老地方时已是光影朦胧,两岸暗香盈袖,丁香却惊见男子还在,不过手中的玫瑰已变成三朵。丁香一边还伞一边问道："昨天又没等到？"

男子自信满满的样子,说："是的,她说她太忙,让我今天来,可看样子今天又来不了了,不过我会一直等下去的。给你这个,本来是给她的,现在请你帮忙消灭它。"男子递过来一盒精美的巧克力。

丁香打开盒子,里面是她一直以来最喜爱的那种,拿一块入口,一点点地融化了,像无声细雨。

丁香在前面慢慢地走着,一回头,男子在后面保持一段距离,静静地跟着,他是在护送她。夜色更加迷人。

四　夜之语

第四夜,丁香稍稍地加快了脚步,当来到桥上时,他仍在,玫瑰当然也变成了四朵。

两人含笑地打了声招呼,然后男子递过来一袋浓香四溢的小笼包子,说："又没等到她,所以这包子还得麻烦你消灭。"

丁香正有点饿,而包子是她最爱吃的蟹黄馅,热乎乎的,鲜美无比,明显是才出笼的,是他远远地看到她来才买的吗？

这回丁香默许他并肩跟她散步。夜色正好,两人窃窃私语起来……

············

十　夜之玫瑰

第十夜,手头的事太多了,当走到桥上时已是满天繁星。丁香看到男子手中的玫瑰变成了十朵,而今天的玫瑰看起来分外娇艳浓郁,隔着老远,异香扑鼻。

男子看上去并没有一点沮丧的样子,或许对他来说,古镇之夜,石桥之上,佳人不来也是一种快乐。

丁香大胆地走过去,说:"我可以邀请你喝杯茶吗?因为,今天是我的生日。"

男子的眼睛顿时如天上的星星一样闪亮,他惊呼道:"真是太巧了,你看!"

男子变戏法似的从身后变出一盒精美之极的水果蛋糕,柔声地说道:"生日快乐!"

两人慢慢走着,一巷又一巷,一程又一程。千山万水,万水千山。男子忽然停下来,说:"可以接受我的玫瑰吗?"

丁香的心一颤,双手接过那燃烧着的玫瑰,深深嗅着沁人心脾的香气,忽然想起什么,说:"哎哟,万一你等的那个她来找你怎么办?"

男子笑了,眼睛热切地盯住丁香,说:"她不是已经来了吗?"

永远的英雄

老刘是个退休老头,本来一直安安静静地打发着晚年,谁知最近儿子刘东发现老刘有点不对劲:爸也太安静了,经常久久地坐着一动也不动,并且说话越来越模糊不清。紧接着刘东越发惊恐起来,因为爸开始不认识人了,甚至连家人都不认识了,再往后就更加严重,竟连生活都不能自理了。刘东情知不好,忙带爸去医院检查,结果让大家大吃一惊:爸患上了阿尔茨海默症,也就是老年痴呆症!医生说目前尚无好的治疗方法。

要知道打小时候起爸就是刘东心目中的英雄,可万万想不到曾经那么生龙活虎、精力无穷的人如今竟是这副模样。说句残忍的话,爸已彻彻底底是个废人了,这么一想刘东的心都碎了,可这也是没办法的事,于是只有小心伺候爸,一步也不敢离开。可是这一天,爸让刘东吃了一惊。

这天黄昏时候,空气特别好,刘东扶着爸在小区里散步,病魔折磨得爸昔日笔直的腰都弓了,连走路都有点费力。爷儿俩正慢慢地走着,前面忽然响起孩子的尖叫声,刘东抬头一看,不好,小区喷泉下的水池子内有个小孩掉了进去,那水池有大半个成人高,小孩在水里一沉一浮,十分危险。

刘东扶着爸不敢撒手,一旦撒手爸会重重跌下的,只有向别人求救,谁知正要开口,爸突然一把甩掉他的手,竟大步跑了起来,这下可把刘东吓得不轻,忙追上去,谁知就在这时意外发生了:爸"扑通"一声跳进水池,一把拉起了小孩。

小孩的大人赶来了,对老刘千恩万谢的,邻居们也围了过来,个个对老刘赞不绝口,可是意外再次出现了:老刘只是嘿嘿笑着,一副木然的样子,好像救起孩子根本不关他事。刘东吃惊地看着,心里又是自豪又是酸楚:爸都这样了还晓得救人!

爸的病情越来越重,医生说得多活动。又是一个凉爽的黄昏,刘东搀着爸来到街上散步,现在的老刘自然是毫无意识,只是眼神呆滞地拉着刘东的手,现在儿子的手就是他的依靠,就像刘东小时候牵着爸的大手一样。正机械地一小步一小步地挪着,突然间,爸无缘无故地停了下来。

刘东忙轻拉他一把,谁知拉不动,再一看,爸原本茫然的目光竟有了焦点,并且浑身的肌肉紧绷起来,这是怎么回事?顺着爸的目光再一看,啊,有小偷!

只见前面有个路边摊,有个女人正弯下腰问着菜价,浑然不觉身后有个身形猥琐的男人正把一把长长的镊子伸进她的口袋。

刘东心说不好,爸又要管闲事,这可不行,现在的小偷都凶狠得很,十有八九身上揣着凶器。刘东正要强行搀爸离开,就在这时那男人已夹出了手机,拔腿就要开溜,说时迟那时快,刘东的耳边忽然一声炸响:"抓小偷!"

这三个字相当清晰、中气十足,竟然是爸喊的!在刘东的瞠目结舌中,爸如同一只凶猛的豹子猛扑上去,一下子扑倒了小偷。

年轻力壮的小偷自然不甘心束手就擒,于是两人拼命厮打起来,爸老了,又有病,很快落了下风,可他还是愤怒地吼着、打着,就在这时刘东上前了,围观的众人也出手了,警察随后赶了过来。

当铐起小偷后,在大伙的掌声里,警察对老刘说:"老同志,谢谢您……"

然后警察一起惊叫起来:"这不是老刘吗?您不是得了……不是身体不太好吗?"

老刘嘿嘿地笑着,一无所知。警察默默地对了一下眼神,然后"啪"的一声,一起向老刘敬礼,庄重无比!

再看老刘,奇迹再次出现:他竟挺起胸膛举起右手,标标准准地还了个礼。

一旁的刘东早已泪流满面,爸啊爸,您都这样了,还不忘记自己曾是个警察!

爸,您永远是我心目中的英雄!

失却的故园

这些年我心中越来越强烈地升腾起一个愿望:回家,回农村的老家!城市太嘈杂了,太疲惫了,沙尘暴、雾霾天气,一个接一个,蓝天白云只能在想象中会面,甚至连鸟儿的叫声都淡忘了。幸好自己还有个遥远的乡下老家,一想起老家,心脏顿时为之一烫。

可是,一脚踏上故土后,我不禁有点失望,眼前的家园好像被水浸泡过的山水画,褪色了,颓败了,尤其是喝上久违的家乡水时,竟闻到一股异味,而不是期待中的甜味。家人解释说这水是过滤消毒过的,不碍事。

我又竭力寻觅昔日的印痕,总觉得少了什么,直到眼前突然飞来一只鸟儿,我才恍然大悟:原来少了鸟儿的飞翔和叫声。

童年时，乡村的天空不时掠过各色各样美丽的翅膀，处处回荡着鸟儿们自由自在的叫声，从清晨到日落，从林梢到屋檐。现在那些鸟儿呢？

停在眼前的是一只灰麻雀，使我又惊又喜的是，麻雀应该是很怕人的，可现在这只麻雀竟一直飞到院子中，停落在面前，伸手可及。麻雀漂亮而憔悴。

一旁的母亲说："好多鸟儿都这样，一点也不怕人，专往家里飞，有好事的人捉了好多吃了、卖了，作孽啊，可它们还是这样，不过现在的鸟儿越来越少了，也不知道到哪里去了。"

鸟儿不怕人？我茫然不解，见麻雀叫得急，声音嘶哑而干裂，圆圆的小眼睛里一副渴求的模样，我便用碗接了一点自来水，试探着端给它喝。刚放下碗，只见麻雀猛地一下扑过来，一边埋头狂喝，一边快活地大叫，末了，竟把整个身子跃进水中，痛痛快快地洗了起来。整个过程麻雀就在我的眼皮底下，近在咫尺。

母亲说："这些闯进家中的鸟儿爱洗澡，更爱喝水，个个像渴死鬼一样。"

故乡变得有些怪异。

当信步来到野外时，我惊见记忆中的池塘全没了，全干得见了河床，或者干脆被垃圾堵塞了、填满了。那昔日清清的水到哪里去了？不知道，好像给从天上伸下的巨掌一下子拎了去，或者是给一张巨口一口吸了去。

幸运的是，还残存一两口池塘，这样的小河储存着童年多少快乐的笑声啊：在清澈见底的池塘里游泳、摸鱼、打水仗……

可现在不能了，眼前的池塘浑浊发黑，或者五颜六色，臭味扑鼻，甭说鱼虾，青草也不肯长一根，只能黏稠缓慢地流动，奄奄一息。

我顿时明白了：鸟儿之所以冒死闯进家中求水喝，是因为它们找不到干净的水了。

难怪鸟儿越来越少，那么，它们又迁移到哪里去了呢？

当我闷闷不乐地回家时，又有一只麻雀飞到眼前，小小的它歪着玲珑的头，睁圆了双眼不停地打量。它就是昨天那只吧？

我马上给它端来水，目睹它快乐无比地喝完、吟唱后，我说："鸟儿、鸟儿，这儿已不适应你居住了，你跟我走吧！"

说完我就动身了，我该回城了，原以为故园值得留恋，现在看来只是一厢情愿。可是母亲不肯走，母亲说："我不走，我的根在这里，将来我就死在这里，再穷再臭，毕竟是我的家。"

而麻雀听了我的话，双翅一展就飞远了，它也像我的母亲一样，故土难离不肯跟我走吗？

我只好一个人回头，正孤独地走着，身后忽然响起一阵扑腾声，回头一看，啊，眼前黑压压的全是鸟儿，是刚才那只麻雀把我告诉它的喜讯传开了吗？所以无家可归的它们要追寻新的乐土了。

于是黑云低垂的无际旷野里，出现这么一幅震撼的画面：前面走着一个忧伤的失去家园的游子，后面跟着一大群充满希望的上下飞翔的鸟儿。

一个人的车站

两年前林海被总公司派往一座陌生的城市开拓市场,那座城市较远,又没有飞机通航,于是火车成了唯一之选,林海是个恋家的人,他便经常在工作的城市和家乡的城市来回奔波。

一晃两年过去了,坐火车的次数一多,林海发现旅途上有一个奇怪的地点,那是一个停靠点。说它奇怪,一是那地儿很荒凉,地处大山环抱之中,火车在此只停留三分钟,好方便旅客上下,更奇怪的是,两年内在此上下的人越来越少,两年前尚有几十个旅客上下,后来变成十个八个,而到了现在,只剩下唯一的一个人,那是个身材消瘦的中年男子。

或许是林海来回的时间恰好与男子乘坐此趟火车的时间相一致,所以林海经常遇到他上下火车。当他在站台上等待着上火车时,远远地,中年男子瘦瘦的身影看上去分外孤单,而当他下火车后,长长的山道上,旷野之中,也只有他一个人慢慢前行。这一切不禁使林海想起了自己的家乡,是老家,不是现在城里的家,林海也曾是山里人,可是现在回不去了,因为家乡日渐荒败,大多数村民都移居到城市里了,直至村庄彻底搬迁、消失。

为什么在此乘坐火车的人越来越少?而他又为什么要坚持?他是干什么的?这是个谜一样的男人。

当又一次远远地看到那男人默默地等候火车时,林海连忙站起身迎向了车厢门,旅途漫漫格外无聊,他决心认识他一下。

火车喘着粗气，一肚子不情愿地停了下来，当男人上来后火车立即启动了，林海发现火车停留的时间没有三分钟了，至多一分钟。

林海亲切地叫住了那个男人，递过一支烟后两人攀谈起来，然后林海问道："冒昧地问一下，我总是看到你一个人在此上下火车，你是做生意的吗？"

男人说："不是，我在城里工作，这里是我的家乡，也算巧，火车班次恰好跟我上下班时间吻合得上，所以就经常乘坐火车了。"

林海说："那多费事啊，为什么不就在城里安个家呢？"

火车轰隆轰隆地开着，男人沉默一会儿，轻轻地叹口气，说："城里的房价太贵，买不起。还有，我父母年纪大了，离不开我，也离不开家乡，所以得常回来。"

林海又问："你老婆呢？"

男人低声说："出去打工了，难得回来，没办法啊……"

两人一时无话可谈，林海嘴里发苦，他想：自己看似风光，可实际上不就像男人的老婆一样，同样也是背井离乡地打工吗？

林海想了想又问道："两年前我发现在这里上下火车的人还算有一些，而现在几乎就只剩你一个人了，他们到哪去了？"

男人摇着头笑起来，笑容里有说不出的苦涩，说："你眼睛太尖了，是的，两年前我们村里的人还很多，那时村庄还有活力，来来回回打工做生意的也多，过年就跟小时候一样热闹，可这两年变化太大了，现在的村庄几乎都要死了，除了一些老年人，几乎都没有年轻人了，他们全在外面定居下来，所以除了我，你再也看不到有人在这里坐火车了。"

两个男人就此不再吱声，各自想着心思，火车却还是一个劲地飞奔向前。

又过了几个月,那是一个寒冬时分,树叶全掉光了,到处光秃秃的。坐在火车上的林海再次看到中年男人在前方停靠点,不用说他在等待火车,这时火车慢慢地减速、靠近,林海惊讶地发现男人的脸上有种说不出的萧瑟、悲凉,意外忽然发生了:男人大步奔跑起来,他不是在铁轨旁跑,而是跳到了铁轨上,并且和火车相向而行……火车速度再慢,可对于一个血肉之躯来说,依旧势不可当!

事后林海听说了原委:男人在外打工的老婆结识了新的男人,不回来了,永远不回来了,而他的爸妈也先后离世,同样永远不回来了。

再往后当林海再次经过这里时,火车就不停靠了,呼啸着一路向前,把那个曾经的一个人的车站、曾经热闹的充满人情味的村庄,一眨眼的工夫远远地抛在身后。

请 带 上 她

我要两挂板车搬家,于是来到马路一角,那儿总有许多板车等着揽活,清一色的爷们。我随手指了其中两人,谁知那两人一起摇头,其中一个说:"我们只能去一个,另一个请把她带上。"

顺着他手指的方向一看,原来不远处还有一个女人,又黑又瘦,她的身后也停着一辆板车。搬家是力气活,我家住四楼,要把沉重的冰箱、书桌之类的物件搬下楼并非易事,她行吗?

一个板爷见我疑惑,用力一拍胸脯说:"老板你放心好了,我们保证把活干得又快又好。"

这还有什么可说的呢?我当即领了这一男一女跟我走。当两人手脚利索地忙活起来后,我发现先前的担心并不是多余的,黑瘦女人根本干不了太重的力气活,基本上就是那男人一人在干,黑瘦女人尽管竭尽全力涨红了脸,也只能搬运些零碎的东西,给男人打打下手。

在把物品用板车拖到新家楼下时,男人照例又是一番大汗淋漓,气喘如牛。

完事后我付了钱,那男人立即分了一半给黑瘦女人。听他们的对话得知两人并不是夫妻,甚至还不太熟悉。既然这样,男人为什么要带上她呢?他出力远多于女人,钱却并不多拿一分,太亏了。

这时黑瘦女人怯怯地说:"老板,你看你这屋内才搬的家,到处是灰,要不我帮你收拾一下吧,你放心,我决不多要钱的。"

我四下看看,确实如此,便同意了。一见我点头,那女人一脸的笑,立即打来清水,有板有眼地擦拭起来,尤其是擦地板时更是跪下来一寸一寸地倒退着擦。这是一个做事地道的女人。

黑瘦女人忙活时那男人也没闲着,不过这回他成了配角,干起了女人的下手。

趁女人在另一个房间里忙活时,我悄声问男人:"我说,你跟她不太熟悉吧?"

男人点点头,我又说:"那你岂不是太亏了,要知道如果是两个大男人干这活,你就轻松多了。"

男人迟疑了一下,然后缓缓答道:"老板你不知道,这是个苦命女人,她男人原本也是干我们这行的,前不久得了大病,躺在床上一动也不能动,这女人便接过了她男人的板车。谁知因为是女人,她总揽不到活,所以我们便形成一个不成文的约定,谁有活必须带上她。可她很要强,总想着能有机会回报我们……唉,我们也只能出这么点力了,让老板你笑话了。"

我摇摇头,我哪敢笑话,心里只有一片温热。这时女人干完了活,她在接过钱后,一边心满意足地笑着,一边分了一半给男人,男人笑着收下了。我明白她这灿烂笑容背后的意思:她能够稍稍回报男人了。而这男人坦然收下是对她的尊重。

"请带上她",淡淡的四个字,散发出细微但温暖的光芒来。

对崇高的敬意

海城市一年一度的"最佳新闻大赛"已进入尾声,竞争分外激烈。明珠电视台还没有捕捉到重量级的新闻,一时间上上下下的人都急坏了。一直以来明珠电视台就和同城的阳光电视台是冤家对头,在不见刀光剑影的竞争中拼了个老死不相往来,如今在这样事关脸面的大赛上,又岂甘落后?

就在这时因为连日暴雨,乡村发生了泥石流。这可是惊天新闻,明珠台在第一时间得知消息后反应神速,立即派出报道组飞驰而去。

灾难现场,记者被眼前的惨相惊呆了,只见泥石流所到之处房屋倒塌,人畜俱亡,那场景简直就是人间地狱!摄像记者连忙打开镜头,主持人面对镜头酝酿一下情绪,正要用最震撼、最悲怆的语气报道,同行领导一声大喝:"先不忙报道,救人要紧!"

大伙愣了一下,随即反应过来,摄像记者关了机器,主持人放下话筒,大伙二话不说,立即投入到紧张的抢救之中,此刻的每一秒钟都无比的珍贵。

就在这时阳光台的报道队伍也赶到了,面对同行的行为,阳光台的记者被深深打动,正准备一同抢救,同行的一位杨姓领导一声断喝:"抢救自有别人,我们只顾抓紧报道!"

很快,由阳光台记者拍摄的画面播出了,惨不忍睹的现场重重地震撼了每一位观众,而画面上那些忘我抢救的人更是极大地感动了人们,其中包括明珠台的记者们。是阳光台的记者用相当多的镜头报道了明珠台记者的抢救行为,阳光台的记者疯了吗?要知道那是他们的竞争对手啊!

更令大伙不解的是:这段画面除了在阳光台播出,在明珠台竟也同步播出!

毫无悬念,这档节目荣获了本年度最佳新闻,由两家新闻单位,明珠台和阳光台共同分享了此殊荣。

在颁奖现场,主持人问明珠台记者:"在惨祸现场,你们为什么不拍摄,而是展开营救?"

明珠台记者深情回答:"我们相信,人的生命超过一切新闻!"

掌声雷动。

主持人又向阳光台那位杨姓领导发出尖锐的提问:"你们为什么忙于拍摄,而不是先救人?"

回答是:"告诉人们正在发生的重大事件,从而引起社会的及时关注和救助,这是新闻人的天职,我们认为这和救人同样重要。"

掌声同样雷动。

主持人又问:"众所周知,你们两家电视台是竞争对手,这次你们为什么会用相当多的镜头拍摄明珠台记者救人的身影?并且,这么具有轰动性的节目为什么让明珠台同步播出?"

回答是:"这是对爱心的赞颂、对崇高的敬意,大难面前,我们不分彼此。"

没有回忆的人

市郊区的射击场历来是男人们的最爱,其中又以退伍军人最为狂热,一枪在手神采飞扬,"砰砰"的枪声、好闻的火药味,使已然远去的军营生活、青春热血,刹那间又流转眼前。这其中几位退伍老军人的热情竟丝毫不输于年轻人。

这天几位老军人又较上了劲,一个赛一个的,不服输,举枪射击时竟然颇有一些紧张。看着他们你追我赶的热闹样,一个身材瘦削、老态龙钟的老者脸上浮起一丝不经意的微笑。

谁知这丝微笑被几位老军人敏感地捕捉到了,恰好今天他们打得都臭得很,都是六环、七环的样子,甚至还有一位打脱了靶。这位正尴尬,一眼瞥见老者嘴角的微笑,顿时不乐意了,咧咧嘴说:"我说你笑什么?难道你也会射击?"这老者文质彬彬的,没有军人应有的英武之气,看起来像位大学教授,出现在这儿未免有点不合时宜。

"教授"点点头,然后举起枪,略一瞄准,"砰砰"几声连发。

几位老军人一看之下全都暗吃一惊,"教授"射击的动作那叫一个标准、利索,跟他的年龄极不相符。就这一手,没人比得上。

这时标靶滑到眼前,大伙一看之下更是吃了一惊,标靶中心赫然几个洞眼,真是真人不露相!

打脱靶的那位虽说退伍多年,可军人的豪爽气质一丝未减,当下摸摸自己的光头哈哈地笑了起来,说:"我说老哥们,还是你行,我服了你啦,对了,你是谁啊?在咱这圈子里,怎么从没听说过有你这么一号人物?"

另几位也一脸服气地围上来,谁知"教授"轻轻一笑,说:"我哪算什么人物,只是一时手痒,见笑见笑,告辞了!"

大伙一听傻了眼,军人讲究的就是个对抗,越是跟高手过招才越过瘾,可现在这位说走就走,也太吊胃口了。望着"教授"远去的背影有人大叫起来:"我说,明天还来啊,咱们再比比其他花样。"远远地,那"教授"点了点头,算是同意了。

第二天老哥几位又准时会合了,一见面个个心有灵犀地微笑起来,原来大伙胸前全戴上了金光闪闪的勋章。有一位勋章实在太多了,把前胸挂了个满满当当,其中有在抗美援朝战争中获得的,也有在自卫反击战中获得的。大伙全想到一块了:打枪不如人,那就比战功。

很快"教授"也来了,他胸前只佩戴了一枚不起眼的勋章。老哥们中一位禁不住自豪地说:"教授,你枪虽说打得不错,可战功嘛,啧啧……"

另几位也一脸放光地说:"我们可都是在枪林弹雨里冲过来的,教授,你莫不是位打猎的神枪手吧?"

大伙笑起来,其中一位忽然住了口,不相信似的瞪圆眼睛盯着"教授"胸前的勋章看,"教授"微微地笑着,也任他看,然后只听见那位惊讶地大喊起来:"原来是革命老前辈!"

另几位一见这阵势全吃了一惊,个个凑上前一看,只见"教授"胸前那枚孤零零的勋章上的字是"二级解放勋章"。

"二级解放勋章"的授予对象是解放战争中的师级以上干部,这是何等的资历和荣耀!

可是,尽管大伙一再要求"教授"介绍一下自己,他依然满脸歉意地离去了。

第三天大家又如约而来,这回几位老哥们带来的是厚实的书,是他们各自辉煌人生的回忆录。不过这回倒不是显摆,而是要逼谜一样的"教授"出招,献出回忆录,从而了解他,哥几位的胃口被吊得不能再吊了。

谁知他们等了个空,"教授"没来,接下来也永远地消失了,谁也不知道他是谁,住在哪里。

不久他们齐刷刷地出席了一个追悼会,在追悼会上竟意外与"教授"重逢了,"教授"一身戎装,神色安详地躺在鲜花翠柏丛中。

然后他们知道,"教授"是一位长期战斗在秘密战线的军人,保守秘密成了他一生行动的准绳,至死不渝。

追悼会主持人最后动情地说:"他一生坚守秘密,所以没有回忆录,甚至,用他自己的话来说,他连回忆都没有。"

向着这个没有回忆的人,几位退伍老军人神色庄重地敬礼。

一 样 的 爱

　　阿东长大了,开始跟爸爸一起采药。只有采到好药稀罕药方能挣到钱,而稀罕药总是生长在人迹罕至的悬崖峭壁上,所以采药是个相当危险的行当,可大山里挣钱难,阿东的妈妈又有病,所以唯有爬山采药一条路好走。当决定让阿东学采药时,爸妈禁不住泪水涟涟。

　　每次爬山前,爸爸总是拿出一根十分结实的尼龙绳,一头拴在自己腰上,另一头牢牢拴在阿东的腰上,然后爸在上,阿东在下,一左一右,爷儿俩像两只壁虎一样开始爬。阿东问爸爸:"为什么要系上绳子?"

　　爸一脸凝重地回答道:"干咱们这行全靠山神爷保佑赏碗饭吃,万一哪天他老人家打个盹,咱爷儿俩就保不定失脚往下掉,而我们中间的绳子或许就能勾刮住突出的树枝山石什么的,即使不能完全勾住,至少也能减缓掉下去的速度,这样子咱就能摔得轻点啦。"

　　阿东点点头,又问:"那为什么每次都是你在上我在下?"

　　爸答道:"你还小,手劲不大,经验不足,所以只能在下面,这样子万一你哪天滑了脚,通过绳子我就可以拉着你,而如果你在上面不小心滑了脚,那下坠的力道将变得很大,我就拉不住你了。"

　　阿东仔细一想,还真是这个道理,原来这根绳子上系着的是

爸爸对自己浓浓的爱意。

可是,这天意外发生了,不是阿东,是爸,爸一个不小心从上面掉了下来,长年的爬高登低严重侵害了爸爸的身体,爸真的老了。

爸爸的下坠之力势如奔雷,阿东哪里还能抓得住山石,一眨眼的工夫他被腰间系着的绳子狠狠拽了下去,慌乱之中他看到身下的爸爸竭力摊开四肢,像要拥抱阿东,也像是做最后的告别……

爸爸死了,阿东只受了点轻伤,因为爸爸摊开的四肢垫在了他的身体下。

一个家庭要在艰苦的大山里生存下去,没有个当家男人是不行的,所以当另一个采药男人进入自家时,阿东默默地接受了。阿东知道妈是为他好,也知道新来的男人对自己好,可他就是喊不出那声"爸",他怎么也忘不了自己的爸爸。

采药照旧是这个一贫如洗的家庭唯一的生路。那个男人也照旧在他和阿东的腰上牢牢系上一根结实的绳子,这是山里采药人共同的规矩,不过跟以前不同的是,现在的绳子很长。

阿东问绳子为什么这么长,男人回答道:"绳子长有两个好处,一是往上爬时,如果两人中间有伸出来的树枝或者石头,短绳子将会被缠绕,从而变得十分麻烦,而长绳子只要两人合力一甩就可以甩过去,这样一来就会省好多事。"

阿东一听还真是那么回事,以前跟爸爬山时那短绳确实有些麻烦。

男人又说:"绳子长的第二个好处是,万一,我说的是万一有人失手掉下去,长绳子可以让另一个人有充足的时间做出反应。"

男人的话句句在理，阿东心服口服，可当要爬山时阿东就从心眼里瞧不起他了，因为男人要阿东在上，他在下。阿东愤愤地想：这就是亲爸和后爸的区别，后爸把危险丢给了我，所以我不喊他"爸"是对的。

时间一天天过去了，男人和阿东辛苦采药，日子过得平平淡淡，阿东对男人的感情也平平淡淡，直到这天发生了险情。

这天阿东正往上爬，手指抓处忽然冷飕飕、滑腻腻的，不好，碰到蛇了，爬山采药人最怕的就是这个，因为山里大都是毒蛇。阿东的魂都没了，正要做出反应，来不及了，手指突然一阵剧疼，蛇咬了他一口。

剧烈的疼痛加之害怕使得阿东几近崩溃，大叫一声往下掉，正天地倒转，腰间猛地一紧，他被吊在了半空，是那个男人死死抠住一块石头救了他。

因为治疗及时，毒蛇的那一口无碍大事，倒是男人的十指指甲全部抠翻，鲜血淋漓。男人笑着说："阿东，现在知道绳子长的好处了吧，它使我有足够的时间抠紧石头呢。"阿东过意不去，可心里还是不服："这还不是我在上面的缘故，要是你在上面我能抓到蛇吗？"

所以尽管有了救命之恩，阿东还是不肯喊他"爸"。

可是这天又出事了，这就是山里采药人的命。那天本来是件大喜事，两人发现一处不高的悬崖上生长着一株巨大的野人参，这下子好了，因为妈妈的病有家医院能够完全治好，可需要一大笔钱，现在钱就在眼前！

于是阿东在上面爬，男人在下面爬，正爬着阿东听到下面响起一声惊叫："小心！"

阿东浑身一紧，随即本能地死死抓住一棵小树，刚抓紧，腰间一股大力突地袭来,是下面的男人滑了脚。

男人像根断线的风筝一样悬空晃荡着,并试图靠近山石,阿东使出全身力气抓着小树,只要男人一靠上山体就安全了。就在这时惊恐的一幕发生了,阿东突感有异,再一看,小树的根部正被慢慢拽出来——小树承受不了两人的重量。

阿东大叫起来:"小树就要拽出来了,怎么办?"

话音刚落,阿东看到男人停止了努力,男人似乎愣了一下,然后毫不犹豫地从怀里掏出一样东西,那是一柄锋利的剪刀。他想干什么?

男人闪电般剪断了绳子,刹那间阿东看到他的神色是那么的决绝,他随身带着剪刀原来就是为了这个!在阿东的惊呼声里,男人掉了下去。

男人没死,只是摔断了腿,山脚下一堆乱草救了他的命。

在医院里,男人笑着抹去阿东脸上的泪水,说:"都男子汉了,淌什么猫尿!现在懂我为什么要在你下面了吧?如果我在你上面,万一掉下来,那股力道你是根本拽不住我的。"

阿东拼命点头,哽咽着说:"我懂、全懂了,一长一短不一样的绳子,一上一下不一样的爬山,可全是一样的爱……爸!"

不 灭 的 灯

夜已深,在火车站揽客的出租车司机老杨揽到一个大活:一个十六七岁的满脸稚气的男孩要到乡下一趟。

车子"沙沙沙"地飞驰着,借着驾驶室内微弱的灯光,老杨注意到男孩一直板着脸,无论怎么逗他,他都始终一言不发。最后老杨摸摸胡子拉碴的下巴,一脸怜爱地说:"我说,把脸拉这么长,谁欠你钱还是怎么的?是不是有心思?如果信得过我的话,就跟我说说吧,瞧我这一大把岁数,都可以做你爷爷啦。"

肯定是最后一句话打动了男孩,男孩的脸色终于缓和下来,说:"我爷爷要是还在世就好了,我最爱他了,爷爷也最疼我,什么事都依着我,可我爸妈讨厌死了,什么事都要管,一点也不爱我,有时真怀疑我是不是他们亲生的。"

老杨沉吟了一下,说:"如果我没猜错的话,你肯定跟你爸妈吵架了,夜这么深了,你怎么会出现在火车站呢?现在赶回家肯定是有急事吧?"

男孩的声音突然高了起来,像有一肚子的怨气要发泄:"我要离家出走,走得远远的,再也不想见到他们,可我忘了带钱,所以想回家悄悄地拿点钱。"

不久就来到了男孩的家乡,一个远望上去除了一星半点的光亮,几乎漆黑一团的小镇子。男孩抬起手,比画着说:"师傅,我家很好找的,先顺着路向右拐……"

老杨一举手打断男孩的话头,胸有成竹地说:"我能到你家的。"

男孩一听眼睛瞪得溜圆,又是惊讶又是紧张地说:"难道以前你到过我家?这么说你认得我爸妈?"

老杨摇摇头,说:"我根本不认识你爸妈,也从没来过,可我就是知道,你就等着瞧好吧。"

男孩一听更惊讶了,可是,很快就服气了,因为这位和蔼可亲的老师傅手中的车子真像长了眼似的,一点也不迟疑地向自己的家开去。

快要到家门口时男孩叫了起来："师傅,就停在这,你等我一下,我悄悄进屋拿点钱就出来,然后还跟你去火车站。"

男孩说着就要开车门,却被老杨阻止了,老杨说:"你就不想知道我为什么会轻车熟路地到你家吗？"

男孩一脸疑惑地点点头,说:"对啊,我也正想知道呢。"

老杨抬手一指男孩的家,说:"在告诉你答案之前,你先看看你家,发现别人的家有什么不同的没有？"

男孩听了凝眸仔细地看了又看,嘴里叽咕道:"没有啊,一切还是老样子,嗯……夜这么深了,门怎么还开着？灯也亮着,他们记性也太差了……"

老杨大声说:"你说对了,就是你家的灯光指引着我一步步摸过来的,因为我知道一点,而且是千真万确地知道一点,身为父母,当他们的孩子一时冲动离开家后,无论夜多深,他们是一定睡不着觉的。"

男孩浑身一震,好像心鼓被重击了一下。老杨的话没有停,继续在他耳边回荡:"他们大开着门、大开着灯,只是为了等待你回来,或许此刻他们正满心焦虑地往四面八方打电话询问孩子的下落,要不就在灯下流着眼泪反复商量该到哪里找到迷路的人。孩子,此刻你爸妈一定如我所说的那样,你信不信？敢不敢跟我打这个赌？因为,天下父母都是这样的,他们的心中永远亮着盏不灭的灯,绝没有例外！进去吧,孩子！"

男孩慢慢地低下头,双手捂脸浑身轻颤起来,又猛地抬起头,痴痴望着自家的门,然后伸手打开车门、下车,大步地走了过去……

挽　歌

老牛头祖祖辈辈生活在农村,农村的青山就是他的骨骼,黑土就是他的肌肉,绿水就是他的血液。可是现在却不得不离开了,而且这一离开就是永远,因为农村人的命根子、赖以生存的土地被征用了,房子被拆迁了,老牛头将不得不进城和儿子生活在一起,过上一种完全陌生的生活。

老牛头走倒不要紧,哪里的黄土不埋人?问题是家里那头大黑牛怎么办?老牛头一辈子养牛,靠养牛养活了一家人,并送儿子上大学、在城里安家结婚。当听说非搬家不可后,老牛头蒙头睡了三天三夜,起床后的第一件事就是卖牛,一头头油光水滑的牛被人家牵走了,那时刻牛纷纷回过头朝着他哞哞地叫,老牛头背过脸去假装看不见,假装那是人家的牛。

可到剩下最后一头最高最健壮、短短的黑毛如绸缎一样闪光的大黑牛时,无论人家出多少钱老牛头都不卖了,因为大黑牛非同寻常,它救过自己的命。

还记得前年下了三天三夜的大雨后,老牛头到山脚下的小溪旁放牛,小溪很浅,老牛头酒喝多了,便站在小溪里洗脚,一点也没觉察危险的到来。突然之间随着雷鸣一样的响声,从山上直冲下一股洪水来,洪水来势凶猛,雷霆万钧,老牛头一下子被冲走了,在随波浮沉的刹那间,老牛头心底一阵悲哀:完了,玩了一辈子水,这回要被水呛死了!

就在这时耳边响起一声牛叫,然后有东西拱着自己,老牛头下意识地伸手乱抓,一下子抓住了一样尖尖的、弯弯的又无比牢靠的东西,那是牛的两只犄角!老牛头这才得以把头挣扎着露出水面。

当七拐八绕地被冲上一处浅滩时,一人一牛安全了,可是救老牛头的牛却站不起来了,水流冲击之下它被一块大石头撞断了一条腿,它正是老牛头最钟爱的大黑。

为了治好大黑的腿,老牛头不惜血本请来最好的兽医,自己又跟大黑天天睡在一块,给它吃最好吃的东西,一刻不停地赶牛虻撵苍蝇,直到大黑完全康复。

它是老牛头的救命恩人,也是老牛头对农村的最后一丝依恋,你说他哪舍得把它卖掉。

可是不卖不行啊,城里那鸽子笼一样的房子哪能容得下一头牛?再说,习惯在芬芳泥土上行走耕耘的牛又哪里走得惯城里那能把蹄子磨出血来的坚硬的水泥路?

在一次又一次地给大黑喂过最鲜嫩最芳香的蒿草后,老牛头一遍遍地抚摸着它,终于开口说:"老伙计,大黑……对不起你了……"

老牛头把大黑牵上了集市,他要卖掉它。这样的一头大黑牛太馋人了,大伙纷纷簇拥来,价钱出得一个比一个高。老牛头只是不言语,到最后老牛头问人家:"牛卖给你后你怎么对它?"

那人一脸奇怪地说:"那还用说,耕田呗。"

老牛头顿时黑了脸,又问另一个,那人大大咧咧地说:"现在都机械化耕田了,哪还用得着牛来耕啊,这牛买回家当然是杀了卖肉,这头牛这么健壮,出肉肯定很多……"

这人话还没说完,早被老牛头啐了一脸的唾沫星子。

大半天过去了,谁也没能买走大黑,大伙嘴里叽咕着"怪老头",一个一个地散去了。老牛头却一点也不着急,只到天色渐渐黑下来,他看到还有个人一直没走。

那人老牛头认识,是邻村的一位老哥们儿,也是个常年养牛的。

老牛头问他:"我说老哥,你怎么还不回家?"

那人听了先递根烟给老牛头,点上后叹口气,说:"我养了一辈子牛,从没见过这么好的牛,老哥,你怎么就狠了心卖它?"

老牛头正抽烟,一听这话,含在嘴里的烟就抖起来了,好半晌才开得了口:"不卖不行啊,房子全拆了,没处养它了。你们村子没拆吧?唉,真好啊!"

那人点点头,看着大黑的眼里全是赞叹的神色,又像老牛头一样爱怜地一遍遍抚摸牛,说:"我倒是想买它,它要是到我家啊,我天天让它喝最干净的泉水,吃最嫩最香的草,不会让它受一丁点委屈的,可是,我出不起钱啊……"

老牛头大叫起来:"老哥,就冲你这番话,大黑半价卖给你,我只有一个条件,隔三岔五的当我从城里回来时,你得让牛跟我做一会儿伴!"

就这么谈成了,真的半价。当老牛头把缰绳交到那邻村的老哥手里后,掉头就走,在夜色里一步也没有回头,任凭大黑一个劲地叫唤,绝不回头!

时光飞快,一晃一个多月过去了,老牛头从城里回来了,回来后直奔邻村。那老哥正在小溪边为大黑牛冲洗,一个多月不见,大黑的毛发越发乌亮了。

乍见老牛头,那老哥一脸的惊诧,说:"我说,个把月不见,你白是白了,可精气神不那么旺哩。"

老牛头喉头涌动,双眼痴迷地盯着大黑看,说:"老伙计,可想死你了,我夜夜睡不着觉呢……"便伸出手去摸,谁知大黑牛猛地一伸脖子,那双曾救过老牛头命的月牙一样的尖角示威似的一扬。

老牛头大惊:"大黑,是我啊,我是老牛头啊!"

可是大黑还是冲他发脾气,一点儿也不让他亲近。

老牛头终于双手捂脸凄叫起来:"老伙计,连你都不认识我了……这下我真成了孤魂野鬼了!"

一对诚信人

江海初涉商海,心中牢记父亲嘱托,诚信经营,正直做人。可一段时间下来利润微薄,举步维艰,而其他耍手腕使诡计的商人却屡屡得逞,收益颇丰,这使得他不免对"诚信"二字动摇起来。父亲看在眼里,这天一大早领他到集市上闲逛。

父亲并不多言,只是背着手,似信步游走,江海心中纳闷,就在这时父亲在一个小小的摊位前停下了脚步。那是一个蹲着卖鱼的农家少年,说是摊位,其实只有一只面盆,里面养着十几条大大小小活蹦乱跳的各色杂鱼,有鲫鱼、翘嘴白什么的,每条巴掌大小,看上去很像野生鱼,很可能是这少年自己下河捉来的。野生鱼味道十分鲜美,一向是父亲的最爱。

父亲开口说道:"这些鱼我全要了,多少钱一斤?对了,你的秤呢?"

卖鱼少年有些畏缩地说:"我没有秤,不过这些鱼肯定两斤出头,就算两斤吧,一斤算你三块钱,一共六块钱好不好?"

父亲有些吃惊,说:"孩子,这些鱼可是野生的啊,野生鱼很贵的,你可不要卖错了。"

少年黑黑的脸有些微红,低声说:"不是的,这些鱼是我在家养鱼塘里抓的,不是纯野生鱼。"

父亲当即掏钱买下,又在另一个摊位上称了一下,二斤半。父亲意味深长地对江海说:"看到了吧,这世上还是有诚信之人的。"

江海却不以为然,说:"可是,就是因为诚信,他才少了收入,他本可以挣到更多的钱。"

父亲还没答话,身后忽然有人怯怯地开口了:"先生,先生,刚才是你买了我儿子的鱼吧?"

父亲和江海诧异地回头一看,问话的是一位胖胖的农妇,她的身后站着那个卖鱼的少年,此刻少年的脸更红了,双手不停地绞着衣裳角。

父亲点点头,那农妇一脸难为情地说:"先生,这鱼,我们不卖了,我把钱还给你,你把鱼也还给我好不好?"说着递过那六块钱来。

父子俩一听就明白了,这少年的母亲一定后悔儿子把鱼卖贱了,这些鱼本可以冒充野生鱼卖高价的。

江海的一双眼便直盯着父亲看,眼里别有深意。父亲这下有点恼怒了,好不容易给儿子找了一个标杆,不曾想一眨眼的工夫却给这农妇弄没了。父亲的话音里便略含了怒气,说:"买卖买卖,一个愿买一个愿卖,还带反悔的吗?"

那少年一听更窘了,把头埋得老低,那农妇也是越发的难为情,终于蚊子哼似的开了口:"先生,不是我们反悔,实是这鱼吃不得,因为这装鱼的面盆是洗脚用的,我儿子不懂规矩,真的对不起!"

这儿的农村人讲究颇多,其中一条认为脚盆是个不洁之物,不能盛放吃食的。

父亲和江海一听面面相觑。当少年接过鱼后江海问道:"这些鱼你怎么处理呢?"

少年这回痛快地答道:"放掉,无论卖给谁都不好。"

望着那对母子走远,父亲久久不能挪开目光,最后感叹着说:"江海,你看到了吗?这农妇才是最讲诚信之人,有其母方有其子啊!"

江海却一脸的迷茫,说:"这样一来,这对母子的收入不是更少了吗?难道这就是诚信的代价?"

父亲目光炯炯地看着江海,说:"可是,江海,如果你以后再来买鱼的话,会对这对母子的摊位视而不见吗?"

江海的眼睛唰地一亮,父亲的话就像道雪亮的闪电,划过他混沌的内心。父亲字字用力地说道:"诚信做人,失去的只是暂时的,得到的一定是长久的;失去的只是一时的物质利益,得到的将是永久的心灵安宁!"

一晃过去了好多年,江海把父亲的这番话牢牢地记在心里,更时时记住那对母子,他的生意终于越做越大。

这天,他和商界一位重量级的新秀为一笔相当大的生意展开了谈判,双方越谈越投机,最后成功签约。那新秀诚恳地说:"说实话,你开出的条件并不是最优厚的,可我还是愿意把这笔生意给你做,因为我知道,你一向是位诚信之人。"

江海听了万分感慨:"这得感谢一对卖鱼的母子……"他把

当年的往事一一讲了。

那新秀听了激动得不能自持,以至于失态,击节叫道:"我就是当年用脚盆装鱼的农家少年……是母亲的光辉一直照耀着我啊!"

拣来的年货

大年三十,雪花飞扬,空气中处处散发出一股浓浓的年味,李大刚夫妻俩却愁死了。妻子刘娟没工作,女儿小红正上小学三年级,一家人就靠李大刚蹬三轮车勉强混个饿不死,每逢过年就如过关。今天接到乡下妈妈的电话,说爸爸已坐汽车来看他们了,放下电话夫妻俩你看看我我望望你,心里一阵阵难过,已记不清有多长时间没去看望爸爸妈妈了,现在大年三十爸爸进城,总不能让他空手回去吧?可钱呢?家里年货还有一样没一样呢。开了门,雪下得更大了,闷闷的大刚一头扎进大雪中,拖出三轮车骑上就走,他是想再碰上个生意,多赚一点。

漫天大雪中哪有个人影?家家户户都关上门,喜气洋洋地忙着过年了,大刚埋着头漫无目的地慢慢蹬着,不知道路在何方。忽然车子停住了,原来是车后轮碰到个大雪团,大刚用力蹬车想碾碎雪团,谁知那雪团感觉软乎乎的,像是个什么东西。大刚心里诧异,下车扒开雪团一看,厚厚的雪下是一只鼓鼓囊囊的蛇皮口袋。

大刚打开蛇皮口袋一看眼就瞪大了,里面装的全是鱼和肉,加起来怕有三四十斤！大刚大口地喘了两口气,四下望望空无一人,他一使劲,就把口袋甩到了车上,这下过年不用愁了。

回到家他把情况跟妻子一说,刘娟还没开口,房间内的小红瞪着一双好看的大眼睛大声喊起来:"爸,那是人家的东西,我们不能要,人家丢了东西心里不知有多着急呢!"原来大刚的话被她听到了。

大刚尴尬极了,强硬着嘴说:"爸爸也知道这样做不对,可咱们不是正好没年货嘛,再说马上爷爷要来了,咱总不能让爷爷空手回去吧?爸就这一次,好吗?"

小红气鼓鼓地还要说,刘娟望着蛇皮口袋若有所思地开口了:"大刚,你看这蛇皮口袋又脏又破,一看就是像我们一样的没钱人家才用的东西,这些鱼肉说不定是人家全部的过年家当呢,咱们以心比心,要是我们家丢了这些东西还不急死啊!大刚,我们是穷,可孩子站在面前呢,我们得做个榜样给孩子看看,还是送回去吧!"

大刚脸、颈红得像煮熟了的龙虾,埋头"吱吱"地抽着烟,忽地用力扔掉烟屁股,轻叹一声,说:"好吧,你们说得对,我这就送回去,嘿嘿,我差点被穷逼歪了心。"

小红一听拍着手说:"爸,我跟你一块去。"

于是雪花飞扬中,小红和爸爸快乐地站在刚才拾到蛇皮口袋的地方,等有人找过来。天太冷了,只站了一会儿小红就直嚷脚冻得疼,大刚听了心疼地让她先回去,可小红却在雪地里旋转着跳起舞来,她跳得欢快极了,身边雪花四溅,大红的外套在雪白的世界里给衬得像个火红的小精灵,小脸也红扑扑的,一会儿说不冷了,身上还直冒汗呢。

这时从远处慢慢走来一个人,那是一个老人,头发、衣服上落了一层厚厚的雪,弯着腰一边走一边四下张望,身上还背着一个看上去沉甸甸的口袋。大刚还没看清,小红早已大惊小怪地喊起来了:"爷爷,爷爷!"一边喊一边像只小鸟一样飞过去。

大刚一看可不是吗,正是爸爸!他忙迎上去,接下爸爸背上的蛇皮口袋,哇,好沉,怕有三十多斤。大刚一边和小红手忙脚乱地拍打着爷爷身上的雪花,一边埋怨道:"爸,您下了车怎么不直接去咱家?这么大的雪在街上走干什么?"

谁知爷爷哭了起来,老泪纵横地说:"爷爷老了,不中用了……爷爷昨天杀了一头猪,没舍得全卖掉,就带了三十多斤肉,又买了几条大鱼,带了几十斤糯米,本来是想送给我孙女过年吃的,可我老糊涂了,背着两个口袋下了车往你家走的路上肩膀麻木了,掉了一个口袋我都不知道,现在只有糯米了,我找来找去找不到,呜呜……"

大刚和小红听了对望一眼,然后父女俩一齐向后走两步,从地上合力抬起一个只一会儿工夫就被盖了一层薄薄雪花的蛇皮口袋,说:"爷爷,您看这是什么?"

爷爷缺牙的嘴一下子张开了,然后张开怀抱,因为孙女再次像小鸟一样扑入了怀里。

三代人在漫天大雪中抱成一团,开心地大笑着,忘了寒冷,忘了贫困,忘了一切烦恼。

绝　　唱

玉芳是个农村唱大戏的,二十三四岁的妙人儿,一副好嗓子红遍了十里八乡。谁知就在她节节蹿红的当儿突然不唱了,谁请都不唱,有人不相信,拿了挺括的一沓钞票请她唱堂会,结果她眼皮抬也不抬。

这还罢了,玉芳又出人意料地向相恋多年的男友阿东提出分手,可眼看着两人就要进洞房了啊!阿东伤痛万分,苦苦追问为什么,玉芳什么也不说,转身独自离去,夕阳下瘦弱的身影看上去孤单极了。

就在阿东整夜整夜失眠的时候,他年老多病的娘走到了最后的关头。阿东问娘还有什么心愿,娘一脸神往地说:"还想再听一次玉芳的戏,这样的话娘就是死也闭眼了!"娘已知道了玉芳和儿子分手的事,可她说什么也不相信,因为玉芳对娘好极了,与其说玉芳是娘未来的儿媳,不如说她是娘亲生的女儿。

阿东不忍拂娘的心意,只好来求玉芳。玉芳一听脸色一下子灰白了,眼神都凄凉起来,阿东正担心玉芳不肯答应,不想她一口允诺了。

玉芳又要登台唱大戏了,多日未听到玉芳甜嗓子的乡亲们这下可乐坏了,同时他们还听说这将是玉芳一生中最后一次演出,以后玉芳将远走他乡另谋生路。大伙一听个个"噢"了一声,明白了,凭玉芳千里挑一的人样儿、万里挑一的好嗓子,是应该到大地方发展的,在咱这小地方,委屈她了,也难怪她要跟阿东分手呢。

戏台就是村中央搭建的土台子,玉芳唱戏那天坐在最前排的自然是阿东娘和阿东,身后是黑压压的乡亲们。一想到这将是最后一次听玉芳的戏了,大伙的心头都沉甸甸的。

等一报出曲目大伙心里更是一颤,是《霸王别姬》,有懂戏文的人说这戏不好,太悲了……说话间玉芳一身戏装出场了。

玉芳先来到台下,众目睽睽之下在阿东娘面前拜了一拜,又无限深情地看了一眼阿东,然后急掉头登台,电光火石间没有人看到她泪光莹莹。

接下来,那嗓子、那扮相、那柔肠百转的眼神一下子牢牢地抓住了大伙的心,整个台下鸦雀无声。阿东更是目不转睛,却又心中悲苦,连眼皮都不敢眨一下,生怕会漏了玉芳的哪怕是最细小的动作,因为从此以后即使是他也无缘消受眼前的一切,几年甜若蜜糖的乡村爱情从此只能在梦里回味了。

台上玉芳正唱到高潮处,阿东却已泪眼蒙眬,忽听到娘在他耳边一声惊呼:"阿东,阿东,玉芳不对劲!"

阿东心中一惊,定睛一看,果然看到玉芳脚步有点踉跄的样子,甚至连玉芳急促的呼吸声都隐约耳闻。他一下子浑身冰凉,一个跨步跳上了舞台。

就在这时玉芳做了一个转身动作,然后脸朝天、背朝地直掼了下来,一下子掼在阿东的怀里。

阿东紧抱住玉芳,只见她脸色青紫,尤其是嘴唇乌黑。玉芳微弱地笑着、喘着,说:"阿东,我刚查出严重的心脏病,所以不能唱了……我要抛下你到外面大世界闯荡了……"

阿东万箭穿心,就在这时听到台下有人惊呼:"阿东,你娘

走了!"

阿东明白,娘这是舍不下玉芳,娘儿俩一起做伴去了。

点燃一支烛光

晚上,一位晚报记者偶然经过一条小巷,这是条位于一座高楼大厦后面的巷子,看上去那么沧桑、陈旧,现代社会锃明瓦亮的生活在它身上并没有留下什么印迹。然后,记者的眼睛一下子瞪大了。

他看到整条巷子里灯光黯淡、寂静无声,跟临街高楼大厦的灯火辉煌、喧哗热闹形成了鲜明的对比,再仔细一看,从窗户里、门缝里透出来的哪是什么灯光,分明就是一支支蜡烛的微光。

是停电了吗?那又是什么原因停的电?凭着职业敏感,记者觉得这里面有文章。

记者小心地敲开一扇门,开门的是一位面容平静的中年妇女。在记者说出心中的疑惑后,那妇女点点头,说:"是的,停电了,不过,只有一户因为交不起电费被停了电。"

记者更奇怪了,追问道:"既然是一户停电,那为什么整条巷子都不开灯呢?"

妇女回答:"因为停电的那家有一个再过几天就要高考的儿子,那孩子每天晚上不得不点起蜡烛学习。为了防止家家户户明晃晃的灯光伤害到这个分外敏感的少年,所以巷子里的人家无形之中形成个约定:高考前的日子里大家一起陪着那少年点燃蜡烛。"

记者听了心里有什么东西重重地撞击了一下,想不到都市里日益粗糙浮躁的心灵背后竟然隐藏着这么一段柔软的故事。他想了想,又问:"既然这样,那作为街坊邻居,你们为什么不帮少年一把呢?例如把这事报料给报社报道一下,从而得到社会的关注,或者,干脆捐点钱给他们,让他家接上电不是更好吗?"

记者知道自己这样问很不礼貌,但他是记者,有责任打破砂锅问到底。

妇女听了依旧神色平缓地摇摇头,说:"不是这样的,并不是所有的人都需要大张旗鼓、唯恐旁人不知的援助,有时候,不打扰他们,给他们以适度的空间,跟他们一起点燃一支安静的尊重的烛光,胜过一切帮助。"

记者听了久久无语,然后,毅然地掉头离去。这是个难得的好素材,不报道可惜了,但他决定放弃。那位妇女说得对,人性的烛光胜过一切帮助,自己没有权力破坏眼前这份难得的宁静。

再认真看看这点点烛光,就像是无数双祈祷时合拢的手,更像是满天繁星,像是无边暗夜里盏盏温情的红灯笼,竟衬得那些流光溢彩的灯火一时黯然失色。

琥珀之恋

不知何年何月,有这样一对恋人,因为羞涩、因为世俗,两人只能偷偷通过书信往来半明半晦地示好,村头老松树身上的洞就成了他们交换书信的绝密地点。

爱到浓时化不开,男方决定挑破这层窗户纸,只要女方同意就可以请媒人正式提亲了。男的在一张小小的薄薄的羊皮上一笔一画地写下这样一句话:冬雷夏雪,不敢相绝。然后把羊皮纸小心地捻成一小团放入树洞中。

然而,还没等到女方趁天黑拿出羊皮信,巨大的灾难从天而降:离村庄不远的火山突然爆发,炽热的岩浆和致命的毒气使所有人包括那对恋人眨眼间归于沉寂。

沧海桑田,斗转星移,无数的时光呼啸着急速离去。

这天山林里来了一对手拉手的恋人,到这儿来一是野炊,二是男孩准备向女孩求婚。女孩自然也懂得男孩的心思,她对他其实也早已情有独钟。在一块平坦的空地上拿出包里的食品后,两人又一齐捡枯树枝点火用,当合力抬起一堆枯枝里两双眼睛一下子睁大了。

枯枝下有一个闪着金黄色光泽的球形的东西,小心拿起来,小球在阳光的照射下熠熠生辉,美丽极了!他们都是受过教育的人,片刻的发愣之后几乎同时发出惊喜地大叫:"天啦,这是琥珀!"

两人激动地拥抱在一起,又跳又笑地庆贺个没完没了。等疯够了,男的一脸神往地说:"我要把这琥珀卖了,钱到手后就出国留学,我早就想出国了。"

女的闻言不跳也不笑了,望着男的冷冷说道:"你说什么?你要出国?那我呢?"

男的这才想起旁边还有个人,当下颇有风度地一笑,说:"我当然不会忘了你的,等我出国回来后,第一件事就是风风光光地娶你……"

女的也一笑,说:"还没到那一步呢,我说的是这琥珀是否也有我的一半呢?"

踌躇满志的男方一下子愣住了,他认真看着女孩,生平第一次发现面前的女孩这么陌生。

受过教育的人在处理事情上让人称道,他们决定和和气气地解决此事,当然最公平的办法是通过法律解决。

事实很清楚,法官很快做出判决:琥珀的价值两人各得一半。

可出乎意料的是两人要求立即平分了此琥珀。众人一听惊讶极了,说如此完整的琥珀给锯开了价值就大打折扣了,把琥珀卖了钱再分不是更好吗?

两人却意志分外坚定地说:不,立即锯开,一分为二,永不再会!谁让对方伤了自己的心呢?

在众人的惋惜声里美丽的琥珀一分为二,咦,内面还有一样东西,那是个捻成一小团的羊皮纸,打开,上面写的是弯弯曲曲的篆书:冬雷夏雪,不敢相绝。

"写的是什么啊?"两人撇撇嘴,拿着各自的一半琥珀走了。

守在校门口的母亲

刘松仁是位高中老师,这天早上在匆匆跨进学校大门时看到一位中年妇女,那妇女臂弯上挎着一个沉甸甸的蓝布包袱。此刻正是一年中最冷的寒冬腊月天,北风呼啸,寒气侵骨,那位妇女显然冻坏了,头发凌乱,脸色青紫,上下牙床"咯咯咯"地撞击着。

不知怎么的,刘松仁一下子想起自己母亲的样子来,以前上初中、高中时,母亲也常在学校门口守候他,又有哪位母亲没有在校门口眼巴巴地守过自己的孩子呢?

刘松仁心中十分不忍,上前两步客气地说:"请问你在等谁啊?"

那妇女一听连忙用谦卑的口吻回答说:"我等我的儿子,叫齐飞,他马上就要高考了,学习可累了,我就从家里带了些熟鸡蛋什么的给他补补脑子。"

刘松仁点点头,正要开口请她进门卫室避避寒,可忽然想起了什么,当下不再说话,逃也似的大步进了校门,他害怕再耽搁一秒钟就会改变主意的。

在教室里刘松仁打量着同学们的脸,这节课是作文课,不出所料,大部分同学的脸上都露出心不在焉甚至厌烦的神情,有一位同学干脆用书挡着脸。刘松仁一看就知道这位同学假装看书其实在打瞌睡,昨夜他又熬夜上网了吧?刘松仁当然清楚同学们为什么会有这样的情绪,因为作文课实在是一门无可奈何的课,往往讲了也等于白讲,枯燥至极的学生生涯哪有那么多的真情实感啊?

刘松仁冷不丁开口说:"现在请同学们全部到窗户口,仔细观察学校大门口的一个人,时间十分钟!"

同学们先是一愣,随即兴奋起来,伴随着一阵稀里哗啦的桌椅碰撞声,个个争先恐后地涌到窗户边。那个打瞌睡的同学也被同座叫醒,只好满脸不情愿地挤了过去。

同学们看到了什么?他们看到不远处的大门口那灰白空旷的水泥地上站着一个人,一个冻得浑身缩成一团的中年妇女。寒风一下一下撩起她枯黄的头发,可以看到她不住地搓手、跺脚、双手拢在嘴边呵气,可这一切看上去并没有多大作用。

过了一会儿,那妇女放下臂弯上的蓝布包袱,用僵硬的手指费了好大的工夫才打开来,从里面拿出一块饼,饼肯定冻得像铁一样,那妇女歪头咬了小半天才咬下一块,就着寒风津津有味地嚼了起来。

看着看着,先前嘻嘻哈哈的同学们个个露出了严肃的样子,有的女同学眼圈已悄悄地红了。这时站在同学们身后一直默默看着的刘松仁开口了:"实际上你们看不到,那位妇女手上、嘴唇上满是细小的血口子,因为她已冻了好长时间了,我还知道,她的包裹里有更好吃的东西,可她为什么宁愿站在寒风中挨冻呢?她为什么不吃那些更好吃的东西呢?因为她在等她的儿子放学,好把从老远的家里带来的东西给她儿子补脑子。现在请同学们回到各自的座位上写下这篇作文。"

同学们一回头,正看到老师在黑板上一笔一画地写下一行大字"守在校门口的母亲"。同学们惊讶极了,他们从未看过一向沉稳的老师粉笔字写得如此之大,用力更是大得惊人,以至于粉笔与黑板一刻也不停地发出"吱吱"声。

同学们立即奋笔疾书起来,没有一个像以前写作文时咬笔发愣的,是刚才的一幕触动了他们的灵感,不,是灵魂,因为刘松仁分明看到一位同学在偷偷地流泪,尽管拼命压抑,但泪水还是像瀑布一样从指缝里流了出来。

刘松仁再也忍受不了心中的谴责,打开门飞一般地跑到校门口,二话不说拉着那妇女进了暖和的门卫室,又倒上一杯热茶。

这篇作文的最高分破天荒被一个以前作文及各门功课都较差的男同学得到,得到高分并非他的文采,而是充沛其间的真情实感,有悔、有痛、有恨,更多的是爱和决心,后来这位同学就像换了一个人似的,玩命地学习。

这位同学就是那母亲要等的儿子,齐飞,是刘松仁的学生,就是那个上课打瞌睡的学生,也正是那个流泪不止的学生,实际上从站在窗户口的那一刻起,他就一直在流泪。

再见,校园

高考近了、到了,又倏忽远去了,同学们不舍起来,在校园里那棵遮天蔽日的槐花树下,在浓浓的槐花香里,开了最后一次联欢会。雪白的槐花啊,让每一个青春少年伤感又迷醉,尤其当《骊歌》最后唱起时,更让泪水恣意打湿了脸庞。

晚上颜静回到家后一声不响,妈妈正要问联欢会开得怎样,却看到颜静忽然趴在桌子上,肩膀一耸一耸的,无声地哭了起来。妈妈吓了一跳,问:"发生什么事了?"

颜静不语,还是哭,终于抬起头时却见脸上泪痕斑斑,说:"我再也见不到他了,这回是真的见不到了!"

妈妈一头雾水,问:"见不到谁啊?"

妈妈不知道颜静心底的秘密,那是她的一个同班同学,明亮的眼睛总是闪着聪颖的光芒,有时不经意间一个眼神的碰撞、校园内的一次匆匆擦肩而过,都让她心头鹿撞,空气中刹那间遍布神秘的芬芳。颜静当然知道有些话是不能说的,所以三年了,她一直独自守着这个秘密。

颜静最后说:"妈妈,我知道高中时不应该这样,我知道那只是一阵飘过的风、一片偶然的云,可我仍然愿意沉浸在那种幻想中不愿醒来,可是现在,这幻想真的破了,我再也见不到他了。妈,我该怎么办?"

妈妈听了久久无语,她有点震惊,可没有责怪,更没有大发雷霆,而是抚着颜静的头发说:"青春岁月对异性产生好感是正常的,也是健康的,让妈倍感欣慰的是你处理得很对,我发现,我的宝贝女儿真的长大了、懂事了。颜静,他对你有同样的好感吗?"

颜静擦干眼泪,一脸迷茫地摇摇头,说:"我不知道,有时我觉得他看我的眼神似乎别有深意,可只是一闪而过,更多的时候则是无动于衷,甚至冷眼相向。我永远记得有一次放学时下雨了,我没有带伞,忽然看到他撑开一把伞走了过来,那一刻我的心都要跳出来了、呼吸都停止了,我希望他为我打伞,可又怕得要命。结果他只是从我身边走过,脸上冷冰冰的,好像没看到我一样,为了这事我生气了好多天。"

妈妈在心里说:女儿你还不懂,这时候的少年越是对对方有好感,就越是爱装出一副爱理不理的样子来,甚至不惜伤害对方。妈妈说:"这样说来,你就干脆忘掉他好了!"

颜静眼泪又下来了,无助地说:"可是妈妈,我真的忘不掉他,三年的记忆、三年的痕迹,我舍不得忘记,也无法忘记啊!"

妈妈沉吟了半晌,说:"妈教你一个好方法,那是我们那个时代的人常用的一个方法,你把他的名字写在一张纸上,然后装在一个盒子内,再深深埋在一棵大树下,这样一来你就能忘掉他了。"

一夜无眠,梦里总是他的名字在飞,以至于颜静生气地大叫:"我终于有办法忘掉你了,请走开!"

第二天一大早,颜静拿着一个小小的可以密封的塑料盒子和一把小铲子出了门,塑料盒子可以久久地在地底下存放呢。那张纸条上一笔一画地写了这样一句话:我一定要忘掉你。埋藏盒子的地点颜静第一个念头就想好了,还有比校园的那棵大槐树下更合适的吗?

大槐树啊大槐树,今天我不是在你身边读书的,我是来向你告别的,我是来埋藏一段记忆的。清香四溢的槐花下颜静正默默地念叨,忽然看到树后走出一人,那人手里还拿着一本书。

竟然是他!都高考过了还读书?

颜静一时呼吸全失,脑子里一片空白,时光刹那间都凝冻了,可是,他只是对她略点了一点头,然后走了,一步一步地走远了。

颜静的眼泪又要不争气了,气得她对自己说:"马上都要忘掉他了,还失态!"

于是她蹲下身用手中的小铲子用力挖啊挖,她要挖一个好深好深的坑……忽然挖到一个盒子,一个崭新的塑料盒子。

颜静的手抖了起来,打开盒子一看,里面只有一张纸条,上面写着一句话:颜静,我一定要忘掉你!

青春如风、纯情如梦,亲爱的同学、青青的校园……

拯 救 点 点

网站、微信上一则新闻吸引住了大伙的眼球,那新闻黑字大标题是:谁来拯救点点?说的是一个叫点点的小狗得了很严重的肾病,主人在花光所有积蓄后实在拿不出一分钱了,现在只能眼看着点点那脆弱的生命一步步地走向死亡。

主人姓许,最后说:"天使一样的点点降临我们家已整整八年了,八年来点点和我们同喜同悲同命运,她已水乳交融地成为我们家一分子,她就是我的乖女儿。可是,现在我却不得不要和她说再见了,除非善良的人们能伸出你们的援助之手。"同时还贴出一张照片,那是一只毛发如雪、体态玲珑的小狗,双眼纯洁得不带一丝杂质,真的像天使一样。

大伙的心被深深地刺痛了,多么可爱的小精灵啊!它是人类最忠实的朋友,我们能眼睁睁地看着它死去吗?

那些一向宠爱小动物的市民早就行动起来,按着网络上留下的汇款账号、地址,纷纷汇去钱和狗粮、狗衣什么的。更有热心人在广场上自发设立了捐款箱,箱子上放着点点放大的照片,点点那纯净如水的大眼睛打动了每一个人。照片旁还配有大大的触目惊心的文字:拯救点点,就是拯救我们的良心!人们还慷慨激昂地在媒体上演讲着、呼吁着,甚至还有人提议设立"动物保护基金"……

整座城市被这股浓浓的爱意笼罩着,人们急切关注着事态的发展,为点点的命运默默地祈祷,谁知就在这时电视台的一则报道震惊了所有人。

原来嗅觉灵敏的电视台记者觉得这里面大有文章可做,于是立即秘密行动起来,经过一番不屈不挠的明察暗访,甚至用上了针孔摄像机什么的,谁知结局大出意料:这件事从头至尾就是一个骗局,那许姓人家根本没有一只叫点点的小狗!

全城人一下子愤怒了,每个人都觉得自己的善心受到了极大的愚弄,"110"更是给打爆了,人们义愤填膺地要求警察法办那个可恶的骗子。

群情正沸腾,电视台第二天的后续报道却又颠覆了一切。

电视上,在一个家徒四壁的小屋内,一个憔悴瘦弱面容凄苦的中年男子,就是那个许姓骗子,对着摄像镜头声音沙哑地说:"我确实骗了大家,我没有一只叫点点的小狗,我连人都养不起了,哪还有钱养狗啊?那狗是向亲戚借来的。"

大伙按捺着满腔怒火看着、听着,鄙视这个假装可怜的骗子。

骗子又说:"可是,我还是想说,我没有骗人,我真有一只叫点点的小狗,她就在床上!"

摄像机镜头顺着他手指的方向缓缓移动着,掠过破败贫穷的屋内陈设,掠过无数个装药的瓶瓶罐罐,最后定格在一张用木板拼成的小床上,床上躺着的不是狗,是一个小女孩。小女孩脸色苍白,头发稀黄,小小的身躯真像一只发育不良的小狗,两只眼睛倒是很大、很纯洁,只是很空洞,奄奄一息。

骗子说:"她是我的女儿,今年八岁,名字就叫点点,属狗的,她得了很重的肾病。所以,我没有骗大家。"

看电视的人惊讶极了,这时记者问他:"那么,你为什么不直接说出真相,却非要说你女儿是一只生病的小狗呢?"

"骗子"满脸的悲凉,说:"我说过、我苦苦哀求过。为了我的点点,我卖光了所有值钱的东西,借遍了所有能借到的钱,可还是不够,最后实在没法了,只好找到报社祈求帮助,可人家记者说了,这样的事如今太多了,早就没有了新闻性,人们已麻木了,所以他们拒绝报道。"

"骗子"又说:"我问他们什么叫新闻性,记者先生说,狗咬人不是新闻,人咬狗那就有价值了。这句话启发了我,我想,人得肾病不是新闻,狗得肾病或许就有了新闻性,这年头人们更愿意千里迢迢、大张旗鼓、声势浩大地为一只小猫小狗寄钱、点蜡烛、献花,可是往往对近在咫尺的贫困视而不见。于是,我就借了一条小狗……原谅我,我真的没有办法啊!"

最 后 一 课

秦天是医学院附属医院的新医生,谁知他生平第一次主刀动手术就出了大纰漏:在为一名病人做了腰椎手术后,病人依旧疼痛不止,再一检查,竟然发现腰椎间有残留的碎骨头。

秦天自然是责无旁贷,随之而来的一连串后果十分严重,除了赔偿病人的一切损失外,还得向病人和社会郑重道歉,而医院的社会形象不可避免地受到极大损伤,为此医院予以秦天严肃批评。

秦天原本意气风发的医生生涯一开局便蒙上一层厚厚的阴影,这对心高气傲的他来说,简直就是毁灭性的打击。尽管事情过去了好长时间,他依旧不能自信地面对病人,在领导和同事面前更是抬不起头来,更为严重的是,他甚至没有勇气再次拿起手术刀,一句话,他走不出那场医疗事故了。大伙瞧在眼内不由得扼腕长叹:秦天完了!

随着时间的流逝,秦天越发自暴自弃,就在这时医学院领导找到了他,领导语调分外平静,说:"秦远,黄教授叫你去一趟。"

黄教授是秦天的导师,一向十分器重秦天,专业上、生活上都照顾有加,秦天也分外尊重教授,在心底一向视之如父。现在听说教授叫自己,不由得又羞又怕,要不是领导催着,几乎不敢去。

在医学院内,领导在前慢慢走着,秦天在后面低头跟着,领导忽然停住脚,秦天抬头一看惊讶极了,原来来到了解剖室前。领导对秦天视而不见,说:"黄教授在里面等你——专门等你,进去吧!"

当年就是在这间解剖室内,满头银发的黄教授手把手传授解剖的方法以及注意事项,其中教授反复强调千万不能在病人体内遗留下任何东西,那是绝不可饶恕的错误,想不到现在他秦天偏偏在这上面跌了跟头。

黄教授温厚而不失严厉,那么等待自己的又将是什么样的暴风骤雨呢?这么一想秦天心中如擂鼓一样忐忑,可等鼓足勇气推开门一看,内面却没人,不,有人,手术台上躺着一具尸体。

竟是黄教授!

领导的声音在背后响起来:"黄教授因年老体衰,于前天旧疾复发不幸西去,临走前留下两条遗言:一,把遗体捐献给他为之工作奋斗一辈子的医学院;二,指定你秦天,全面解剖他的遗体,务求精细准确,决不容许出一丁点差错……"

领导的声音悲怆而冷峻,秦天内心早震撼得山崩地裂。这时领导强行克制着情绪,又说:"黄教授实在不忍他最看重的学生就此沉沦,所以他要给你上最后一课,教授说了,宁愿学生们在他身上千刀万剐,也决不允许在病人身上错划一刀……"

秦天听了叫声"老师……"便再也说不出话,只向着这具伟大而伟岸的躯体,深深地弯下腰来……

悔

柳曼今年四十好几了,一个人住在一幢大大的房子内,房子整洁优雅,院内花木扶疏,而柳曼风韵犹存,可是遗憾的是,她至今未婚。

说起柳曼未婚的原因,据说与她的初恋有关。那年月她如出尘仙子,正是情窦初开时认识了一位来此写生的画家,画家气质不凡,双眸似星,两人一见面就喜欢上了对方,一时间花前月下,生死相许,度过了一段神仙般快乐的时光。谁知突然间画家消失了,他留下一张纸条说,随着和柳曼的交往日深,他的罪恶感也与日俱增,因为他是个结过婚的人,为防止越陷越深,更不想耽搁柳曼的青春年华,思来想去唯有不告而别。

好多年过去了,柳曼依旧沉浸在过往中不能自拔,而她的故事也越传越广,这幢房子更成了远近闻名的爱的小屋。

如果岁月就这么平静流淌倒也不失为一种幸福,可是突然间灾难再次降临到柳曼头上:有开发商征下了这块土地!

眨眼工夫柳曼家周遭的房子全被拆除干净,只剩下这所爱的小屋孤零零地立着,一如柳曼常年孤独的心。面对来势凶猛所向披靡的拆迁队,柳曼冷静地抛下话来:我的房子风可进雨可进,皇帝不可进,你们若想强拆,先杀了我!

网络在第一时间报道了这事,人们被柳曼悲壮的话感动了,更感动于她悲情的故事,很快有无数网民声援柳曼,并把这场战争升华为"爱情保卫战"。一石激起千层浪,更多的媒体参与进来推波助澜,步步跟进,从而引起更大规模的声援,不仅如此,还有好多人自发来到现场,用血肉之躯保卫柳曼的房子。众怒难犯,开发商不敢硬来了,就这样,一个弱女子竟使得武装到牙齿的拆迁队举步维艰。

一天天过去了、一月月过去了,开发商施展出浑身解数软硬兼施,有高利、有哀求、有恫吓,可全部铩羽而归,柳曼柔软的外表下有着一颗不可动摇的心。慢慢地,开发商偃旗息鼓了。

这天傍晚,光线尤其柔和,空气分外凉爽,一如多年前初见到画家时的景象。柳曼好久没有这样的心境了,正呆呆地出神,院门忽然"吱哟"一声被人推开,有人柔声轻叫道:"柳曼,是我——我来了!"

这一声犹如过电般,柳曼浑身一颤,抬眼一看,黄昏朦胧的光晕内站着一人,面目依稀似曾入梦,柳曼几乎窒息,再一看,是他,真的是他!这么多年过去了,他依旧风度翩翩,双眸含情。

天地刹那间呼啸着旋转起来,不,这肯定又是梦!就在这时画家开腔了:"是我,真的是我,我来看你了——我一直没能忘了你,现在我自由了!"

柳曼再也撑不住,晕了过去。

接下来人们惊讶地看到柳曼的手被一个男人牢牢地牵着,两人或徜徉在林荫道上,或深情对坐窃窃私语,少女的羞涩一次次地浮上柳曼苍白的脸庞,以至于脸上竟从未有过地染上红晕。人们知道,传说中的画家终于来了,真好,柳曼多年的苦思终于修成正果,有情人终成眷属了,祝福这对苦命的人吧!

善良的人们正欢欣鼓舞,谁知柳曼苦难的人生再掀滔天波澜,而且这回的波澜把柳曼爱的小舟彻底翻入了深深海底:画家再次消失,而柳曼服下大量安眠药,一缕香魂悠然天外。

柳曼留下的遗书道出一切:原来王子公主从此过上幸福生活的童话是假的,原来铜臭真的可以盖过爱情的芬芳。他不是来找我的,只是开发商找来的说客而已……这样也好,我的梦终于醒了,尘世已无可留恋,我走了!

人们大为震惊痛苦,慢慢了解到了事情的真相:开发商见柳曼抵死不迁并没有死心,苦思冥想之后终于得一高招——找到了柳曼唯一的破绽,就是那位画家。

在开发商扔出厚厚的大钞后,落魄的画家眼都红了,忙不迭地答应前去游说柳曼搬家。望着画家携钱而归的身影,开发商踌躇满志地笑了,因为画家这一去必然成功:若柳曼同意搬迁,自然最好,若在画家的劝说之下仍然不肯,她对画家必然失望,从而对爱情绝望——原来画家是为钱而不是为她来的。这么多年来她全靠那份爱撑着苦度日月,现在这层含情脉脉的面纱一旦撕开,她一定崩溃,那么这幢象征着爱情的小屋也将再无留恋的价值。

现在果然成功,只是开发商万万没想到柳曼竟然自杀!

据说当开发商听说柳曼自杀身亡时,他手中的咖啡杯砰然落地。

几年过去了,这块土地已完全变了样,四下里全是林立的高楼,可正中央的黄金地带却依旧挺立着那幢爱的小屋,原汁原味,丝毫未动。人们在屋前流连观赏、击掌叹息时,会惊讶地看到一块巨大的花岗岩石头静静伫立着,上面深深地铭刻着一个字:悔!

有人说这字是那位画家刻的,有人说是开发商刻的,但更多的人坚持说是柳曼刻的,是她的死前遗言。谁知道呢?

一双回力球鞋

那年月,拥有一双雪白的回力球鞋,奔跑如飞、帅气透顶,是多少男孩子的梦想。

小学三年级的李健太想有这么一双球鞋了,尽管他知道家里很穷,可这天还是壮着胆跟爸说了,爸一向说一不二,脸成天扳得像黑脸包公一样,李健十分畏惧这张脸。

出乎意料的是,爸没有大发雷霆,而是稍稍沉吟起来,李健心里正七上八下的,爸开腔了:"按理说你这么大了,也可以给你买双球鞋了,不过……晚上再说吧。"

李健不知道"不过"是什么意思,好不容易挨到晚上放学,一进门眼就亮了,只见屋内凳子上摆放着一双球鞋,正是回力的,刹那间破旧的小屋被洁白的鞋子照得雪亮。

妈说:"小健,我跟你爸借了一下午才借到钱,你知道这鞋有多贵吗?"

李健狂喜得要飞起来,一边尖叫着,一边一把抓过来就要穿,谁知就在这时爸黑着脸开口了:"放下,现在不许穿。"

李健大愕,爸转过脸不看他,口气硬邦邦地又说:"如果期中考试双百分,就给你穿,少一分都不行。"

在煎熬中,期中考试结束了,李健数学 100 分,可语文考了 99 分。

不就是少了一分吗?可是,爸的话如石头一样:"我说过,少一分都不行!"

李健再也忍不住伤心地抽泣起来,这些日子他天天做梦穿上这双鞋子在跑、在跳,可现在近在眼前,却得不到。

妈实在看不下去了,说:"要不,就让孩子穿吧……"

爸铁青着脸吼叫起来:"给我闭嘴,我说过不行就不行,哭也没用!期末考试如果还不是双百分,照样没得穿!"

在日日夜夜眼巴巴的期待中,期末考试终于来了,又去了,李健考了个双百分。

为了这个双百分,李健付出多少努力啊,现在他的心怦怦直跳,马上就可以穿上这双金贵无比的鞋了。

爸的脸上少有地露出慈爱的笑容,他小心翼翼地取出鞋子,哇,一如既往的雪白、漂亮,还散发着好闻的味儿。

妈妈就像过节一样,脸上喜气洋洋的,她帮李健脱下破得不能再破的布鞋,这鞋是她千针万线纳起来的,然后穿上新鞋……

可是,穿啊穿啊,李健突然"哇"的一声大哭起来,大哭声中妈面如土色。

原来,鞋子穿不上了!短短一学期,不知不觉中,李健就像吃了灵丹妙药,长高了一大截,这双鞋子怎么也穿不进去了。

爸傻傻地看着,脸色煞白,比鞋面子还白。

回力鞋事件,使得李健好长时间不肯喊声爸。

好多年过去了,李健因为学习优异工作勤奋,在城内安了家,有了一个跟他当年一模一样的儿子。这些年来,李健只跟妈亲,跟爸总有那么一层隔阂。

今年春节,李健一家三口回到老家,一见到孙子,可把爷爷奶奶喜坏了,搂着是一个劲地亲。

爷爷脸上泛着红光,一直咧着个少牙的嘴笑着,忽然想起什么,转身进房,不大工夫,他捧出一个包扎得严严实实的蓝布包裹来,万分小心地一层层打开,像打开一个珍藏多年的宝贝,李健一见之下惊呆了。

这是双球鞋,是白色的回力球鞋!

正是那双曾经让他魂牵梦绕又无比伤心的球鞋,尽管曾经雪白的鞋面已有些发黄,尽管过去了好多年,但李健依旧一眼认得出来。

在奶奶的帮助下,爷爷哆嗦着手脱下孙子脚上的鞋子,再穿上这双鞋,不大不小,严丝合缝。

爷爷长长舒了一口气,像完成了一个多年的心愿,说:"终于穿上了!"

奶奶同样舒一口长气,像弥补了一个多年的遗憾,说:"终于穿上了!"

李健也笑,一边笑一边偷偷擦去狂涌出来的泪水,这么多年了,爸妈都老了,时光真快啊!

都 市 狼 人

梁山应聘到一家规模颇大的医院工作,很快就有了一个奇怪的发现:医院大大小小的领导都爱穿肥大的裤子,而且,职位越高裤子就越肥大。就拿院长来说,他的个子算不上高,身材也算不上胖,可他那裤子大得简直像灯笼一样,走起路来呼呼作响,倒也别有一番气派。

这天下班后一位医药代表请梁山和几位同事吃饭,吃过饭后医药代表递给每人一个大大的红包,然后请大伙洗澡按摩,放松一下。见那医药代表一脸意味深长的样子,梁山顿时明白"放松一下"是什么意思了,他从未尝过那滋味,正心猿意马,谁知另几位同事个个一本正经地拒绝了。梁山心里十分惊讶,要知道平素他们并不是洁身自好的人。

因为大红包,梁山这一夜不用说睡得心满意足,只是夜间不时醒来,因为尾椎骨处一阵阵的瘙痒,像有什么东西要冲破皮肤一样。

很快又是一个欢乐的夜晚,身为医生,总会有人请他们吃饭的。酒很浓,菜极香,梁山喝了不少酒,唱了好多歌,最后又"放松了一下",结果第二天上班时精神有点恍惚,接下来他做了一台手术。

可是,从手术台下来后,患者并没有好转,而是更加痛苦不堪……种种迹象表明,梁山手中的手术刀割错了地方。

梁山正惊慌失措,领导衣袂飘飘地找到他,暗示他修改病历、统一口径什么的……梁山很快做妥了这一切,患者及亲属果然无话可说,他们相信必须要开第二刀,并感恩戴德地愿意支付动第二刀的一切费用。

当晚,在患者亲属的竭力邀请下,梁山慨然赴宴,并接受了一个大大的红包。

只是当夜尾椎骨处的瘙痒更厉害了,那种冲破皮肤的感觉超过以往任何一次,梁山涂了好多药都无济于事,直折腾得筋疲力尽才昏昏睡去。

天亮了,梁山睁眼醒来忽然感觉不对,伸手到尾椎骨处一摸,一条毛茸茸的东西赫然在握,对着镜子一看,那是一条灰色的尾巴,是狼的尾巴。

梁山大吃一惊,脑海内迅速闪过一个念头:赶紧买一条肥裤子,好遮住这尾巴。

饥饿的年代

那是一个饥饿的年代。这是一个饥饿的山村。

大雪封山已经整整一个月了,所有只要能进口的东西都被吃得一点不剩,包括最后一只土豆、最后一块树皮、大雪底下最后一把枯草。

开始有人饿死了,然后,像发生了泥石流一样,更多的人一呼啦地跟着饿死。村西头的王二嫂因为饥饿,一大早连起床的力气都没有了,硬撑着进西屋看婆婆、儿子时,她哀叫一声,终于倒了下去,一老一少已活生生地饿死了。

尤大爹望着饿成小猫一样的年幼的孙子心如刀绞,终于一咬牙拉开门,寒气一下子扑进来,彻骨地凉,巴掌大的雪花像万千只白蝴蝶一样,"呼"的一声直往脸上撞。尤大娘问道:"他爷爷,你要干什么?"

尤大爹头也不回:"进山,看能不能找到吃的东西。"

尤大娘吓得惊跳起来,这一跳消耗了她好大的体力,一把拉住他,叫道:"他爷爷,你疯了吗?现在山上还有吃的东西吗?你几天没热的东西下肚,只怕还没进山就冻死了。"

尤大爹指指被窝卷里缩成一团的孙子,眼中含泪,说:"难道就眼看着孙子活活饿死吗？就是冻死我也要试一试啊！"说着挣开尤大娘的手往外就走，满天的风雪里，他佝偻如弓的身影一眨眼就消失了。

尤大娘在身后哀哀地哭泣："他爷爷，去不得，要死咱也死在一块啊！"

风一个劲地咆哮，尤大爹在深山齐膝盖的大雪里深一脚浅一脚地走着，张眼望去，除了茫茫白雪和枯黑的树干外，一无所有。可他还是一步一步地走，实际上根本就不打算回家了，哪儿不是个死呢？脚趾头早就冻得失去了知觉，浑身上下像块冰一样，半丝热气也没有，眼皮更是越来越沉重，有时候尤大爹真想合上眼，在这洁白的没有饥饿的世界里美美地睡上一觉。这逼得他不住地提醒自己撑住，因为一旦倒下去，就永远起不来了。

也不知走了多久，正当他越来越绝望时，忽然发现一个山洞，从洞里飘出一股浓厚的味道。做过猎人的尤大爹一下子兴奋起来，再嗅一下，错不了，那是狼的味道。

尤大爹不但没有害怕，反而激动得浑身发抖，他弯腰摸起一块拳头大的石头，想也不想就进了洞，现在不是鱼死，就是网破。

洞里真有狼，不是一只，而是两只，一只是小狼，它正津津有味地撕扯吞咬着一个血淋淋的东西，那是个还剩半只的兔子。还有一只躺着，是母狼，浑身皮包骨头形如骷髅，看小狼的眼里却满是慈爱。

可当它看到弓着腰的尤大爹进来时，眼神一下子变了，变得凶神恶煞，嘴里也发出凶狠的声音，它的头部、尾巴动了动，却没有起身。

尤大爹的眼里却没有敌意，他看了看母狼，说："别咋呼了，你也饿坏了吧？"然后无所畏惧地弯下腰，从那只小狼口里用力抢过半只兔子,小狼一下子窜到母狼身后,吓得吱吱地直叫。

母狼的眼神越发凌厉了,嘴里再次发出可怕的声音,它使劲挣扎着想站起来,却一次一次失败了,是极度饥饿使得它如此。小狼忽然不怕了,扑过来一口叼住尤大爷的裤管,嘴里愤怒地叫着,摆着头使劲拽着。尤大爷叹口气,说:"我也是没办法啊!"然后用脚轻轻踢开小狼出了洞。他的心里不知是什么滋味,留下身后一大一小两只狼绝望地呜咽起来。

那半只兔子把孙子从阎王殿上抢了回来,可尤大爷、尤大娘并不开心,因为整整一夜,他们听到屋外除了风声、雪花压断枯枝的声音外,还有一种异样的声音,那是一大一小两只狼的叫声,那声音如钢针一样,直往尤大爷耳朵、眼里、心尖尖里钻,怎么捂也隔不断,直到声音越来越微弱,终于慢慢消失了。

第二天早上,尤大爷打开门时发出一声撕心裂肺的惊叫,叫声传出很远,他看到门口厚厚的雪地上,一高一低隆着两堆雪。

大伙闻声全赶了过来,正看到尤大爷用手小心扒开那两堆雪,然后已经冻硬的一大一小两只狼赫然出现在眼前,它们脸朝着尤大爷的院门,就像雕塑一样不屈地坐着。

不知是什么力量撑着两只狼一直尾随到尤大爷门前,它们在风雪里叫了一夜,只为要回原本属于它们的救命粮,或许那只兔子是深山里最后一只兔子吧?或许那是已奄奄一息的母狼能使出的最后一搏吧?

没有人提出吃了这对狼,漫天雪花里大伙默默把它们埋了。尤大爷到底没撑得过这个漫长而可怕的寒冬,他在断气前喃喃地说道:"我真的没办法啊!"

今年暑假真长啊

蒋堡村是个陷在大山深处的村子,村里有一所小小的学校,从一年级到六年级一共只有四十来个学生,校长和老师全由一个人担任,语文、数学、体育也全是一个人教。他叫蒋汉华,一晃三十多年了,昔日精壮的年轻人如今已是白发满头。

这天从山外传来一个消息,说是上级决定马上撤并这所小学,原因是蒋老师快要退休了,可没有一个教师愿意到这穷山沟里教书。蒋老师一听急了,真要这样的话可苦了孩子们,他们将要翻山越岭到山外上学,可谁让咱这儿穷引不来教师呢?

快要放暑假了,瓢泼大雨一连下了几天。这天,蒋老师正在教室里上着课,天一下子暗了下来,对面看不见人,接着远处突然响起老牛狂吼般的巨声。蒋老师闻声抬头向外一望,不好,山洪暴发了,一股黄色的巨大浊流正像万马奔腾一样铺天盖地冲了过来。说起来山洪已有二十年没有暴发了,所以每个人都忽视了连续几天大雨可能带来的后果。

学生们"哇"的一声哭叫起来,慌乱之中只听到蒋老师大叫一声:"同学们别慌别挤,一个接一个快爬上教室后的小山上!"原来教室后有一座高高的土山,上面虽不大,但四十来个学生还是能容纳的。

在蒋老师的手推肩扛下,四十来个学生一个不落地全上了土山,等蒋老师自己筋疲力尽地爬上小山时山洪恰好冲了过来,带着巨大的"哗哗"声像条黄龙一样席卷而过,好险!

望着脚下滚滚洪流,胆小的学生开始低声哭泣起来,蒋老师连忙轻声安慰着,就在这时一股又急又高的浪头冷不防扑了过来,蒋老师刚喊了声:"同学们坐稳了……"话还没喊出口,嘴里就呛进了好几口浑浊的水。这时有同学惊慌地大叫起来:"蒋老师,有两个同学被浪冲走了!"

蒋老师急忙转头,正看到不远处的洪水中有两个脑袋一上一下、一沉一浮,随浪远去。

"扑通"一声,蒋老师跳入水中,展开双臂尽全力向两个学生划去,小山上的学生们带着哭音在后面喊道:"老师,小心啊!"

蒋汉华很快抓住了一个女同学,他不是个莽撞的人,在如此大的洪流中抓住两个学生是根本无法回头的。蒋老师抓牢后掉过头向小土山划来,可洪流太急了,他刚前进了一点,一个潜流涌来却退得更远。这时小山上的孩子们叫得更响了:"老师,加油啊!"

或许是孩子们稚嫩焦急的声音起了作用,蒋老师浑身一下子来了力气,他圆睁双眼拼命划动,尽管洪流更猛了,可他还是一次次巧妙地避开浪头,一点点地接近了小山。孩子们一见连忙争先恐后地伸出手,一齐用力把那个女同学拉了上来。这时蒋老师说了声:"同学们看好她!"然后没有丝毫犹豫,急转身向另一个还在水中挣扎的学生游了过去,实际上他此刻已半点力气也没有了。

当洪水退去的时候村民们找到了那个男同学,他正毫发无损地坐在一棵大树的树杈上。一见村民们来,这个男学生立即大哭起来,说:"快去找蒋老师啊!他把我抱上树杈后就没有力气了,手一松被水冲走了……"

村民们和蒋老师的学生们"哇"的一声全哭了，个个没命地跑着、找着、喊着，不知跑了多远终于找到了蒋老师，他正安安静静地躺着。

蒋老师没有死，只是他永远不能教他的学生们了，因为医生说蒋老师的脑子里呛进了太多的水，受伤了，也就是说蒋老师从此以后跟傻子没有两样了。

可以后的日子里蒋汉华没有忘记他是个教师。每天他都会夹着那个跟了他几十年的黑色人造革包去学校，每次照例会面对着洪水过后空无一人的学校发愣，然后说："我的学生呢？怎么一个也不来上课？"

每个看到这情景的人，不管是学生还是村民，都会大声地说："蒋老师，现在正是暑假呢。"蒋老师听了，脸上便现出一副恍然大悟的样子。

蒋老师的事迹传开后引起了领导的极大震动，经过反复研究，他们终于做出一个重要决定：蒋堡村小学不撤并了，找一处高地方重建，因为已有年轻的老师愿意来这儿了。这些年轻的老师说与蒋汉华这样的老师为伴，灵魂一定会受到净化的。

暑假一晃结束了，初秋时分一所漂亮的新学校建成了，蒋堡村的大人小孩们听到这消息，就像过年一样家家户户贴对联放鞭炮。热闹声中大伙看到蒋老师又夹着包向老学校走去，村子里一下子静默下来，大伙不再放鞭炮喧闹了，个个悄无声息地跟在蒋老师后面，形成一条静穆的长龙。

蒋老师来到老学校门口就站住了，眼前山洪冲刷过后留下的残垣断壁使蒋老师看上去十分难过，老半天他才喃喃地说："怎么同学们还不来上课啊？"

身后的村民、学生们、新老师听到了，个个齐刷刷地回答说：

"老师,我们的蒋老师,现在正放暑假哩!"

蒋老师听了如释重负地点点头,又轻轻叹一口气,小声地说:"今年的暑假……真长啊!"

愤怒的老鼠

高中生郑刚生得人高马大,这使得他越来越瞧不起爸爸,爸爸又瘦又矮不谈,摆摊卖蔬菜挣不到钱也不谈,最使他不能忍受的是,爸爸胆小如鼠,半点男人的阳刚之气也没有,还亏自己小时候崇拜过他呢。

而这天发生的事更证实了这一点。当时郑刚放学快要到家了,忽然看到前面路旁围着好多人,上前再一看可把他气坏了,有两个城管队员正大声训斥着爸爸,原来爸爸在路旁摆摊被抓了个正着。

只见其中一个城管队员盛气凌人地抓着爸爸的电子秤要没收,摊上的蔬菜散落一地,而爸爸弯腰弓背,扯着那个城管队员的衣角苦苦地哀求:"行行好,饶了我吧,下次打死我也不敢摆了……"

郑刚一下子血脉偾张,扔了书包咬牙大吼道:"太欺负人了,我跟你们拼了!"说着旋风般冲向城管队员,举拳竟然要打。

众人大惊,就在这时有人一把抱住郑刚,那人大喝道:"住手!"

郑刚一下子愣住了,抱住他的人竟是爸爸!再看爸爸,一边死死抱住郑刚往外推,一边掉过头朝向城管队员,顿时又换作一脸的讨好样,说:"孩子还小,你们不要跟他一般见识。"

爸爸的举动可把郑刚气坏了,没本事跟人家斗,压制自家儿子倒挺有劲。郑刚这么一想更气,骂骂咧咧地还要冲向城管队员。城管队员听到郑刚开骂,顿时火了,撸起衣袖直逼过来。就在千钧一发之际,"啪"的一声响,所有人全愣住了。

爸爸一巴掌抽在郑刚脸上。

第二天一大早郑刚离开了家,他再也忍受不了这样的爸爸,便偷了家里一千块钱,独自闯荡世界去了。郑刚暗暗下定决心:一定要闯出个名堂,让爸爸看看真正的男人。

在一个陌生的城市,郑刚下了火车,正走着,从树后忽然冲出一个人来,一下子重重地撞在郑刚身上,郑刚啥事没有,正发愣,那人却一下子跌倒在地,大声地呻吟起来。

然后又冲出两个彪形大汉,一起伸手揪住郑刚吼道:"小子,把人撞伤了知不知道?快拿钱来!"

郑刚大惊,说:"是他撞我的,他是故意的……"

两个大汉一下子瞪圆了眼珠子,喝道:"嘴还硬,讨打是不是?不掏钱就打死你!"

两个大汉说着挥拳就打,郑刚哪里是他们的对手,头脸一连挨了好几下,正考虑讨饶给钱算了,忽然有人大吼一声,随即一个人直冲过来,发疯似的加入了战团。

那是一个又矮又瘦的人,看身板根本不是两个大汉的对手,可他连吼带打杀气腾腾,招招全是不要命的打法,一时间打得两个大汉手忙脚乱地步步退后。

两个大汉很快稳住阵脚拳脚齐上,打在那人身上砰砰作响,可那人把郑刚护在身后毫不退缩,一次次摔倒又一次次爬起来,

那样子犹如一只掉牙的老虎。

就在这时,警察赶来了。

那人这才稳住身,脸上全是血,眼睛打肿了,可仍一脸的笑。

郑刚心如刀绞,问道:"上次被城管欺负却连大气也不敢喘,像只老鼠,现在又为什么凶得像只猛虎?"

那人平静地答道:"上次人家在执法,咱没理,为了生计,我必须忍,可这次不同,无论如何也不能向这种人低头!老天保佑,幸亏让我及时找到了你,否则你得受多大的委屈啊!"

郑刚再也忍不住,含着泪说:"咱回家去吧,爸!"

父亲的耻辱

我们姊妹都知道父亲心中有个深深的耻辱:父亲年轻时曾偷过生产队里的山芋。为此父亲觉得自己在大伙面前一辈子抬不起头来,到了晚年更是一刻也不能释怀,时常望着墙壁自言自语:我不偷的话,娃们可全都饿死了啊!

后来父亲不顾身体虚弱,种了一垄山芋,每天早出晚归地细心料理,浇水、锄草、除虫、施肥,把一垄山芋苗照看得叶绿茎壮,就像曾经照料我们一样。

一晃的工夫山芋成熟了,我们为讨父亲喜欢,故意嚷着要吃新鲜山芋,实际上现在谁还在乎山芋呢?谁知父亲眼一瞪,恶狠狠地说:"谁也甭想打它的主意!"母亲一听可气了,骂道:"老东西中邪了不是?你有本事让那山芋疙瘩叫你爹啊!"父亲听了也不言语,扛起长长的勺子又去浇水了。

这天黄昏时候父亲浇水回来了,回来得比往常都早,一进院门就一抖肩扔了长勺子,然后兴奋得直搓手,满脸通红地嚷嚷起来:"好了好了,有人偷我的山芋了!"

母亲和我们纳闷极了,不知道这事有什么值得高兴的,再看父亲,那高兴劲简直要溢出来了,张大嘴在院子里四下乱转,嘴里一个劲地说:"真偷了,偷了好多呢,老婆子,给我倒盅酒来!"

要知道在咱家只有逢上特大喜讯父亲才喝酒哩,例如老母猪下崽了、哥哥处上对象了、田里粮食一粒不剩地归仓了,现在喝什么酒?

母亲实在忍不住了,朝爹翻了一个大白眼,说:"你咋知道是有人偷了你的山芋呢?倒有可能是牲畜拱的呢。"

一言出了口,母亲就后悔了,后来母亲不止一次地跟我们说,她当时真死心眼啊,怎么就没想到父亲心中的疙瘩呢?再看父亲,好像当头挨了一棒似的,脸一下子由兴奋的红转为失神的白,喃喃地说:"是啊,我怎么就没想到呢?"

然后父亲就一直重复着这句话,谁劝他也不听,再接着就不再雄赳赳地扛着长勺子浇水了,父亲没那个精气神了,第三天,父亲就倒在了床上。母亲这会儿只会偷偷地哭,不停地抽自己的嘴巴,还朝地上直吐口水,说:"呸呸,打烂你这张乌鸦嘴!"

第四天父亲就喝不下一口水了,只有干瘪的嘴巴一张一合,谁也听不清他说的什么。

这时从外面进来两个人,其中一个是村主任。只见村主任快步走到父亲床前,弯下腰一脸抱歉地说:"二爹,跟你说件事,前几天吧,领导们到我们这儿视察,然后呢,有点口渴,大概是大伙童心发了吧,就拔了你几个山芋,回去后他们想来想去觉得不妥,今天特地上你家的门,不为别的,一是专为跟你打声招呼,二是赔你钱。二爹,你说赔多少就是多少……"

村主任刚说到这儿,只见深度昏迷中的已瘦得不成人形的父亲一下子就从床上直愣愣地坐起来了,只见父亲目光炯炯、声音洪亮:"你说是镇里的大干部偷了我的山芋?"

跟村主任一同进屋的一个镇里干部红着脸上前说:"是的,是我们拔了,不,偷了你的山芋,大叔,实在不好意思……"

父亲大笑起来,笑声真大啊,多少年了我们从未听父亲这么畅快淋漓地笑过,多少年后父亲的笑声还回荡在耳边。

然后父亲的笑声戛然而止。

雪 中 燃 烧

陈露生着一张白皙精致的脸,一头瀑布似的长发更是如梦如幻,可是,好多日子了,她没有出过大门半步,近日更是看着窗外久久伤神。小儿麻痹症使她终日与轮椅为伴,也使她的轻生之意越来越浓,她越来越强烈地这样想:只要借助双拐爬上窗台一跃,一切痛苦就烟消云散了。

陈露通过电脑接触世界,外面的世界越繁华多姿,她就越觉得自己是个被遗弃的人,直到这天一个叫"冰雪舞者"的人闯进了她封闭的世界。

"冰雪舞者"热情、开朗、谈吐幽默,就像这寒冬里熊熊燃烧的炭火一样,让陈露受到巨大的感染。陈露甚至还看到了"冰雪舞者"的视频,仅仅看到了脸部,那是一个五官生动活力无限的大男孩。一种从未有过的感觉在心里悄悄地蔓延开来:他个子一定很高、很帅……

陈露的脸正有点发烫,他问她:"我现出原形了,你呢?"

陈露就像当头浇了一盆冰水,刚刚萌芽的丝丝美好的感觉立时荡然无存,她一下子下了线,然后埋头痛哭。是的是的,自己刚才的片刻忘情也太可笑了!

可伤心了一天之后陈露又忍不住上了网,在这个可以最大限度保护自己的世界中与他相遇了。陈露想到一个问题,便问:"你干吗取这么个名字啊?是不是你热爱跳舞呢?"

他飞快作答:"是的,我是个专业舞蹈演员,舞蹈就是我的生命、我的灵魂。而且,我最爱在冰上跳舞、在雪中展翅,那种飞翔纯洁的感觉让我仿佛超然物外、羽化成仙。"

陈露听了心像钢针刺穿似的疼,这种感觉自己永远不会有的。她忽然有了一个悲壮的想法:她要痛痛快快地欣赏一场他的舞蹈,然后毫无遗憾地离去。

陈露提出了这个要求,他立即回应:"当然可以。说来也巧,明天就要降温下雪,我一年中最快乐的时光就要到了。对了,咱们在哪儿会面呢?"

陈露凄然一笑,心里说:我不会让你看到我的,永远不!手指却打出了这样的字:"你能在我的窗下舞蹈吗?你是那尊贵的舞者,而我只想做个安安静静的观众,可以吗?"

他一下子沉默了,陈露的心凉了下来,自己的条件太苛刻了。就在这时他回话了:"行,告诉我你家地址,明天上午不见不散!"

第二天,天寒地冻,雪花纷飞,整个世界灿烂辉煌,直逼人眼。陈露坐在窗前静静地等待着,没有高兴,甚至没有悲伤。他不来,她将离去;他来了、舞了,她也将离去。

忽然,眼帘中扑进一团火来,由远而近,由模糊而清晰,直至她的窗下。是他,是他,是穿着一身火红羽绒服的他,她记得他的脸!

然后,这团火旋转起来、飘扬起来,地面像结冰的河面,雪花像满天的精灵,"冰雪舞者"只用双手就飞舞出千姿百态来。

舞着、舞着,一扇门开了,是陈露,多日从不出门的陈露走了出来。每走一步双拐就在积雪的地面上留下两个深深的窝儿,一直毫无滞涩地延伸到与天地融为一体的"冰雪舞者"的身旁,那个只能坐在轮椅上忘形跳舞的男孩。

为母亲洗头

红灯在外地跟人学会了一手煨老鸭汤的手艺,他自信这手艺在本地小城可以独占鳌头,几番鼓劲之后终于开了个店,本钱基本是七拼八凑借来的,为了节省开支,他还把妈和老婆从农村老家带来了,给他打下手。

谁知人算不如天算,小店的生意从开张那天起就没红火过,每天十来个客人光临一下,挣的钱连门面租金都不够。红灯给自己打气说:冷水是焐热的,招牌是熬响的,时间长了生意会慢慢好起来的,坚持就是胜利。

一晃几个月下来了,眼看就要到年底,那生意却还是半死不活的,一点热闹的迹象也没有,红灯提心吊胆地一盘点,竟然亏了上万块。他懊恼之余再仔细一想,终于明白客流量不大的原因:不是他手艺差,实在是门面不好,太偏僻了,酒好也怕巷子深啊,只怪当初选址时有点急躁,没考虑成熟。想通了这层,红灯长叹一声,唉,这生意没法做了,何况年底、正月都是彻头彻尾的淡季,继续开下去,窟窿肯定是越来越大,唯有转让门面一条路了。

这天阳光格外明亮,老婆已苦着脸先回乡下了,妈埋头收拾着可以带走的杂物,红灯一个人无精打采地发着愣,一边盘算着转让店面的事宜,心里满是苦涩,开店发财的梦终于破了。

看着妈弓着腰一刻不停地忙里忙外,红灯的心一酸,自己无能,连这么大年纪的妈也跟着受累。眼见妈的头发乱糟糟的,红灯说:"妈,你歇下手,把头洗一下。"

妈听了疲惫地摇摇头,说:"我还要收拾东西呢,不洗了。"

红灯坚持说:"还是洗一下吧,马上就要回老家了,虽说亏了钱,咱也得收拾利索点是不是?乡亲们看着呢。"

妈听了一愣,迟疑着说:"这倒是个理,可是,我穿了这么厚的棉袄,胳膊转不过弯来,不好洗啊,弄不好还会湿了袖子,算了吧。"

是的,妈妈穿了老厚的棉袄,确实不方便。红灯站起身来,说:"妈,我帮你洗。"

说话间红灯已手脚麻利地打好一盆热水,又加了冷水,伸手试试水温,然后拿过洗发水来,妈还要推辞,红灯佯装生气地说:"妈,你看你,跟你儿子客气什么嘛。"

此时金子般的阳光大把大把地倾泻在店面门口,一丝冷风也没有,温暖从心底深处直泛上来。红灯仔仔细细地给妈洗着头,心里想:这可是生平第一次给妈洗头,想想小时候妈妈又为自己洗了多少次头,还记得有时候犯倔不肯洗,结果妈火了,给自己的小屁股结结实实的就是两巴掌……

妈的声音打断了红灯的回忆："红灯,给妈左边头皮使劲挠两下,对对对,就是这儿,唉哟,右边又痒了……"

红灯忙使劲挠,又说："妈,你头上有好多白发了……我没用啊!"红灯的心又酸了。

妈却无声一笑,说："傻儿子,妈多大年纪了,现在不长白头发,什么时候长?红灯,妈不在乎你挣多少钱,真的,你不要成天愁眉苦脸的,妈看了心里难过,再说了,人这一辈子哪能没有磕磕绊绊的啊……"

红灯和妈正唠着,身后突然有人开口了:"请问你们是娘儿俩吧?"

红灯一边手上不停,一边转过头说:"那当然了……"

红灯停住了,他看到那问话的人手里拿着一只话筒正对着自己,还有一台摄像机也对着自己,旁边还有好多人默默地围观着,个个眼神怪怪的。红灯的脸一下子红了。

原来要过年了,为了弘扬传统文化,电视台精心策划了一个节目,叫"孝心一瞬",派记者们去大街小巷、城里乡下捕捉感人肺腑的孝心一幕,要求必须是随机实拍。

红灯的老鸭汤店没有转出去,因为那偷拍的节目一经播放后,生意突然红火了起来,原本苦着脸的老婆从乡下老家也赶回来了,整天忙得像风车一样团团转,那脸上满是笑。店内还在醒目位置挂上了一幅大照片,是那记者拍的,照片上红灯正给妈妈洗头,娘儿俩一脸的笑,一脸的阳光。

大伙这才发现红灯熬的老鸭汤真的好喝极了,于是纷纷带着上了年纪的父母来,父母已不在人世的,就带了孩子来。人们在品尝着热气腾腾的醇厚浓香的老鸭汤时,更品味着最浓最美的亲情。

一杯热水

外面寒风呼啸,办公室内温暖如春,我们几个正在舒舒服服地喝茶、看报、闲聊,门被敲响了,敲门声轻得几乎听不见,每一声之间还相隔好长时间,透出股迟疑、胆怯来。我们一听就知道,只有求我们办事的人才这样敲法,同事可不这样敲,他们敲得轻车熟路、客气有加,领导更不是这样敲,他们的敲门声听上去气壮山河、锐不可当。

有哥们懒洋洋地起身,开门一看,果然不假,外面站着一个民工一样的年轻人,头发凌乱,衣服陈旧,一脸的诚惶诚恐,因为寒冷,他的脸冻得青紫。

那民工拼命地堆起笑容,有点慌乱地说:"对不起,打扰你们了,请问可以给我一杯热水吗?"

一言既出,我们每个人都向他射出凌厉的目光来,民工立即觉得不妙,挣扎着低声说:"我只要一杯热水就行了,我可以给钱的……"

我们中的一个厉声叫了起来:"你敲什么敲,难道我们这是卖水的吗?"

另一个早已站起身来,大声呵斥道:"去去去,有毛病!"一边粗暴地甩上门。

我看到民工的脸涨得通红,然后门"哐"的一声响,把他隔在了寒冷的外面。

虽说多年的机关生涯已使我的心肠变得像铁石一样，但在这一刻不知怎的，我忽然心生不忍，不就是一杯热水吗？

我当即端起我的刚刚倒满热水的保温杯，自言自语道："我到隔壁聊一会儿。"说着走了出来，但我并没有到隔壁聊，而是跟上了那个民工。他正低着头脚步飘浮地往外走，像是在思考什么，然后拐了一个弯，不见了。

我跟过去拐过弯一看，一处墙角的避风处除了他还有一个老人，两人长得很像，不用说是爷儿俩。

那老人坐在冰冷的水泥地面上瑟缩成一团，一脸的痛苦和衰弱，对儿子无力地说："热水还没要到？唉……"

他儿子正从一个大大的袋子里掏出一样东西来，一边回答道："我这就去要，肯定会要到的。"他的声音听上去一点热气也没有。

我上前大声说："热水来了！"

那年轻民工转过头来一脸的惊愕，以至于"咚"的一声，手中的东西都掉在了地上。

然后他抖着手接过我的水杯，递给他父亲，再从包里掏出一瓶药来，倒出几粒，让他父亲就着热水服下了。

在我的坚决要求下，老人满脸感激地继续大口大口地喝着热水，慢慢地，他的脸色松弛了、红润了。

我问年轻民工："你要热水就是让你爸吃药吗？"

年轻民工用力地点点头，说："我们爷儿俩都是木工，刚来城里准备找点活干，谁知我爸的胃寒病发了，药我们倒是随身带了，可没有热水，我一连走了好几个单位，包括几家小店，可是没有一个人肯给我热水的，哪怕是一口，而且没有一个不骂我神经病的……说真的，我的心比这天气还冷，都冷透了……"

我轻声叹口气,指指地上他掉落的东西,那是一柄沉重的铁锤,说:"把锤子收好,这可是你们的吃饭家伙,对了,你刚才掏锤子干什么?"

民工望着我,一脸的羞赧,低声说:"还到你们那儿去,然后,抢一杯热水!"

姐 姐 的 手

刘霞和刘芸是姐妹俩,她们都生着一双美丽灵巧的手,尤其是姐姐刘霞的手更显得修长柔软,人们都说这两双手简直就是为艺术而生的。

于是姐妹俩都暗暗做起了艺术梦,她们都爱画画,连做梦都拿着画笔,可现实情况是她们的父母难过地告诉她们:两人中只能有一个上艺术院校,因为家里没有更多的钱。是的,妈妈是个药罐子,全家的吃喝就靠爸爸一人上班挣点微薄的薪水维持着,要是两人都上学,爸就是累死也挣不到足够的钱。

刘霞偷偷地哭了一夜,第二天当她红着眼睛要对妹妹说什么时,发现妹妹也一样是眼睛红肿,显然妹妹同样一夜未眠。刘霞说:"芸,还是你去上学吧,我去打工好减轻一点爸爸的负担。"刘芸却说:"姐,你的艺术细胞比我多,手也比我更灵巧,将来一定比我更有出息,我想了一夜,还是你去上学吧,我找活干。"

姐妹俩争执起来,谁也说服不了谁,到最后还是爸叹着气开了口:"还是小芸上学吧,毕竟姐姐岁数大,打工我也放心些。"

爸爸的话不可更改,刘芸抱着姐姐直哭,姐姐怎么也劝不住,就说:"要不这样吧,我们来个三年之约怎么样?三年后你毕业了找个好工作,然后供姐姐再去上学不就行了吗?"刘芸听了这才破涕为笑,说:"一言为定!"

于是刘芸上了美术学院,刘霞则四处找活干。

三年一晃就过去了,刘芸毕业了,因为刻苦和天赋,她是学院里有名的才女,这时适逢举办绘画大赛,校方就推荐了刘芸。刘芸很珍惜这个机会,她心中早就有了一个绝妙的构思,就是画姐姐的手,姐姐的手是她见过的最完美的手。经过精心创作,一幅名为《姐姐的手》的画作完成了,画面上的手简直就是姐姐手的再版,可老师们看了后却不太满意,说确实美妙绝伦,但也仅仅是描摹而已,少了点震撼力。刘芸听了陷入深深的苦恼之中。

可她没有时间构思了,她得工作,现在该是回报姐姐的时候了,恰好学校要她留校,于是她打了一个电话给姐姐,让她来学校报到,谁知姐姐说她不想学了。

刘芸很吃惊,临阵脱逃从来不是姐姐的性格啊?她想了想,决定回家一趟,她要当面劝姐姐圆以前的梦。

到了家刘芸就劝姐姐去上学,刘霞听了笑笑不言语,只是摇头。刘芸急了,大声喊起来:"姐姐,你以前好强的性格呢?你昔日辉煌的梦呢?你就甘愿做一个整天蓬头垢面的农妇吗?如果这样,姐姐,我瞧不起你!"

刘霞听了眼里亮晶晶的,一丝亮光在闪动,这种亮光刘芸很熟悉,那是以前每当姐姐谈起艺术、谈起绘画时才迸发出的灵性,可这亮光转瞬即逝,然后姐姐依旧平淡地说:"刘芸,你没忘了我们的约定,姐姐真高兴,可我真的不想画了⋯⋯"

刘芸还想狠狠刺激姐姐一下,妈妈在一旁抹着泪水开口了:

"芸,你不要再伤你姐姐的心了,你看看她的手!"

刘芸听了一愣,伸手拉姐姐的手看,姐姐往后让,刘芸死命拉过来,一看姐姐的手她就愣住了:这还是记忆中姐姐那双修长、洁白、光滑、线条无比优美的手吗?眼前这双手粗糙开裂、关节僵硬走形……刘芸一下子把脸紧紧贴在姐姐的手上。

回到学校后,刘芸对着先前画的《姐姐的手》痴痴出神,经历了几个不眠之夜后她忽然上前把画撕了,然后在一种近乎亢奋的状态中又画了起来。

很快另一幅《姐姐的手》诞生了,画面上的手看得出来依旧是一双年轻女性的手,但青筋盘节、黝黑粗糙,那里面似乎隐藏着一个凄婉动人的故事,一股冲击力迎面扑来。老师们看了后兴奋地喊起来:"对的,要的就是这股子劲!"

不久,《姐姐的手》获得了大奖,评委说这幅画"一扫当今画坛上柔媚阴沉之风,于细腻中见粗犷、于无声中见深情"。

四 郎 探 母

台湾的杨先生今年七十多岁了,风烛残年,老态龙钟,像一盏风中的灯随时都会熄灭。死并不怕,可他还有一件几十年来一直未了的心事,就是尚不知远在大陆的老母亲的消息,若老母亲仍在,他不敢先去。这种思念在他晚年更是夜夜萦绕不去。他无数次清清楚楚地听到老母亲叫他"小四子",眼一睁却是南柯一梦,枕头上只留下斑斑泪痕。

记不清是哪一年的哪一天了,母亲在灶塘下一边烧火,一边说:"小四子,去打些酱油,中午咱下面条吃!"谁知她的小四子这一去从此天涯陌路,在打酱油的路上他被抓了壮丁,然后是左一场右一场的战争,直至最后一路退到台湾。

到台湾后,杨先生排遣思念的唯一办法是听戏,他排行老四,又姓杨,所以只听《四郎探母》,更因为母亲口中最爱哼的就是这戏文:"我好比笼中鸟有翅难展,我好比虎离山受了孤单……思老母不由人肝肠痛断,想老娘不由人泪洒在胸前。高堂母难得见,儿的老娘啊!要相逢除非是梦里团圆。"每听到这几句,杨先生都忍不住痛哭失声。

机会终于来了,杨先生回大陆探亲了。

一路上披星戴月,风雨兼程,恨不得生出双翅立即飞回故园。快要到家时,正所谓近乡情更怯,那颗心都要跳出胸腔了。可到了故乡一看,杨先生傻眼了,只见眼前高楼林立商铺喧哗,陌生的人流来来往往,这还是记忆中曲巷通幽、细雨杏花的家乡吗?梦中的山水故园呢?熟悉的亲朋发小呢?想要打听一下母亲的消息,却连半点线索也没有,根本就是无从下手。

原来早已人事皆非,原来真的只是一场梦,现在这场做了几十年的美梦被自己亲手打碎了。

杨先生顿时像失线风筝、断缆小舟,心中空空荡荡。他不死心又盘桓了数日,把小城的角角落落都走遍了,母亲、故人的消息依旧是一丝也无。他正满心凄惶,不知去留,忽然看到一张海报,说有京剧团来小城演出,演出剧目是《四郎探母》。

竟是《四郎探母》!杨先生当然不会错过,立即买票进场,果然原汁原味、果然字正腔圆,一字字一句句,声声击在心上。到了到了,当台上人一板一眼、一字一泪地唱到"我好比笼中鸟有翅难展,我好比虎离山受了孤单……"时,台下的杨先生顿觉万箭穿心,自己来日无多,下次再回大陆只怕是魂飞海峡,与老母只能在地下团圆了,不过这样也好、也好……

想到这里杨先生再也忍禁不住哀如潮涌,正要全然不顾一切放声大哭,忽听到前面不远处有人突放悲声,哭声之大、之忘情、之悲怆竟然震住了台上演员!随即看到一位白发胜雪的老妇人颤巍巍地站了起来,对着台上的杨四郎喊道:"小四子,你咋还不回来啊?妈一直等着你的酱油哩!"

台上台下因这突然变故顿时无声无息,个个张目朝这边望,不知道发生了什么。就在这时忽又见一位白发老者抢步走到人行道上,众目睽睽之下"扑通"一声跪下来,一边膝行朝那老妇人而去,一边摇头放声接唱:"思老母不由人肝肠痛断,想老娘不由人泪洒在胸前……儿的老娘啊……"

膝行的人正是杨先生。

乡 下 一 夜

陈名一切都好,只有一个缺点:他来自贫穷的乡下。听朋友们讲将来有乡下亲戚朋友是很麻烦的……我知道这一切所谓的麻烦跟陈名的优秀比起来不值一提,可心里面总有些疙疙瘩瘩的,恰好这时回老家的他打来电话,邀请我去他家玩两天,我犹豫了一下,答应了。

当我坐了近四个小时的车子后到达他家已是傍晚,我想象中的他们一家见到我时的亲热场面并没有出现,而是当头给浇了一盆冷水,邻居大娘拉着我的手告诉我陈名的姐姐突然生病,他们一家全去看望她了,今晚肯定赶不回来了。我一听眼泪都要出来了,恨不得掉头就走,可天已晚了。

夜深了,我关紧所有的门才敢睡觉,一路奔波使我疲惫不堪,可害怕又使我胆战心惊得不敢睡去,毕竟这是独身一人在外地,就在我辗转反侧之际忽听到外面窗户脚下响起说话声。

声音不大,轻声轻语的,像是在聊天,乍闻之下我吓得差点尖叫起来,紧张得浑身直抖,然后我听到不是一个人在说话,而是几个人在闲聊。可以听出那是几个上了年纪的人,他们一边在轻声谈着田里的收成、今年的雨水等农话,一边吧嗒吧嗒地抽着旱烟,是的,他们在抽着旱烟,红红的烟头一亮一灭的。不知怎的,一向十分讨厌烟味的我此时竟从未有过地觉得烟味十分好闻,使我有一种平静的感觉,像小时候睡在父亲怀里一样。

伴着他们说话声的还有啪啪啪的声音,那是他们在打蚊子。远处是青蛙在高一声低一声地大叫,还有许多虫儿在唧唧鸣唱。

在这种乡村特有声响的陪伴下我安然睡去,尽管我不以为然地想:乡村生活真是一点规律也没有,这些人也真是无聊得很。

被乡村太阳晒过的被子真香啊!

酣睡中被一阵敲门声惊醒,我睁眼一看,哇,不知何时天竟大亮了,这一觉可真畅快!开门一看,是陈名和他爸妈回来了,我忙问:"陈名,你姐姐身体好了吗?"

一言既出,我看到所有人的脸上都露出了欣慰的笑容,一愣之下我明白了,他们这是在夸我懂事呢,因为没有先向陈名说委屈,而是先关心人。然后我看到窗户脚下有几个人,几个老大爷还有那个邻居大娘站了起来,他们的脸色看上去有点苍白,很疲劳的样子,谁让他们一夜闲谈呢?

这时我听到陈名紧紧握住那些老人的手满怀感激地说:"大爷大娘们,真是感谢你们了!"

感谢他们?我向男友投去疑惑的眼光,男友读懂了我的意思,说:"为了避免你一个人害怕,大爷大娘们一夜不睡地陪着你……"

我没有掉眼泪,当我拼命压抑着掉过脸去的一刹那,我决定爱上面前这个来自农村的男孩,因为他及他家乡人不善言辞的纯朴的爱。

两只恋爱的猪

正是春暖花开的美好时节,小黑和小白深深地相爱着。在圈里他们共进一槽食,小黑总是先吃,先吃意味着只是喝掉槽中上面的稀食,而稠的总是沉淀在下面,他留给小白吃。当主人带他们到山坡上散养时,两只猪更是形影不离款款散步,说着永远也说不完的情话。而每当夜晚来临更是他们的良辰吉时,他们最爱躺在星空下数着星星窃窃私语,直至甜甜睡去。小黑爱小白,小白更爱小黑,千千万万只猪中小黑是她的唯一,恋爱的时光太美好了,美好得让小白有点害怕它会转瞬即逝。

这天主人和一个满脸横肉的人来到圈前,主人一脸笑容地指着两只圆滚滚的猪对那人说:"你看他们养得多好多胖,一到秋后我就……"

小白没听完主人的话就跑了,作为雌性,生得太胖总不是一件让人高兴的事,还有,主人的话让她害羞,主人说"一到秋后",一到秋后干什么?当然是为她和小黑完婚了,所以她听不下去了。而那个傻傻的小黑却竖起他那可笑的大耳朵听了个一清二楚,这讨厌的黑家伙,心里一定美滋滋的。

可是第二天小白吃惊地发现一件事:小黑变了,变得像一只陌生的猪了。吃饭时小黑照旧是第一个吃,可他不仅喝掉稀的,还把稠的吃了个一干二净,直吃得肚子圆得像个皮球,却丝毫不理会滴水未进的小白。吃完就埋头大睡,呼噜声地动山摇,一点儿也不顾惜小白的感受。

更使小白伤心欲绝的是,小黑爱上了别的猪!那是一只长相妩媚的猪,平日里小黑对她正眼也不瞧,可现在却大献殷勤,全然不顾在一旁潸然泪下的小白。时间一天天地过去了,小黑越来越胖,而可怜的小白因为吃不饱,更因为失去爱,变得日益憔悴、面黄肌瘦。

秋天终于到了,小白痴痴地想:主人,您还记得您当初的话吗?您说过要为我们完婚的,尽管小黑负了我,可我依旧爱他,我不能没有他。

期盼中主人和那个满脸横肉的人又来了,他们一来到猪圈前就发出一声惊呼:哇,太胖了!太瘦了!太胖了说的是小黑,太瘦了当然说的是小白。然后主人对那人说:"还记得春天时我说的话吗?我说过一到秋后我就把养得肥的一头猪卖给你,现在你动手吧!"那满脸横肉的人听了狞笑着,伸出一个闪着寒光的铁钩,一下子钩住了小黑的上腭。在小黑撕心裂肺的呼喊声里他被拖走了,原来这满脸横肉的家伙是屠夫!

在这生离死别的刹那间小白恍遭雷击,她明白了小黑"变心"的原因:小黑拼命吃只是为了养胖被宰,而让她活得更长久一些! 小黑当着自己的面和别的猪亲热,只是为了让她不为他的早逝而难过!

这世上只有小白听懂了小黑被那闪着夺命寒光的铁钩拖走时的呼喊,小黑不是在喊痛,它在向小白喊出最后的心声:"小白,我爱你!"

小白立即做出一个义无反顾的重大决定,就像她当初爱上小黑一样,并且立即付诸行动:她要抛弃所谓的淑女形象,放开肚皮大吃、大睡,她要立即发胖,像一头真正的猪那样胖。

这样的话,她就可以早一点去找她的小黑了。

卑微的爱

五光十色青春时尚的校园内,明眸皓齿的谢姝时常会收到火热的短信,见怪不怪的她总是一笑了之,然后随手删掉,可是,有一个人的短信引起了她的好奇。

那个人的短信与其说是示爱,不如说是在展示他的心迹,有种自言自语、湖畔轻吟的味道,例如:那天在林荫道上偶遇,你如清风拂面而来,又如夏梦飘然远去,只留下遍地相思,而我,沉醉相思中。又如:即使是最遥远的一瞥,也如一颗石子投入湖心,最绵密的回响,久久不愿平息。

这是个陌生的手机号码,每次短信都不留姓名,轻盈而来,倏忽而去,平淡而执着。时间一长,谢姝想这是谁啊,便回拨了电话,可是,没有人接。谢姝正纳闷,短信又来了,还是他,是这样写的:我不是存心打扰你,只因为你是我一直以来的梦,我实在舍不下;我也不奢望结识你,你太出色,而我太黯淡。所以千万不要问我是谁,也不要试着找出我是谁,否则,卑微的我真怕连梦也做不了。

谢姝叹口气,这是个自卑的暗恋者,这样也好。

这天也不知是什么由头,实际上年轻奔放的心并不需要太多的由头,同学们在一家小餐馆聚会。谢姝偷偷打量着男生们,其间有帅而多金的,有穷而平凡的,有高谈阔论的,有微笑不语的。谢姝忽生奇想:他会不会在其中呢?

就在这时只听得惊天动地一声响,小饭馆操作间发生了爆炸,随即火光浓烟滚滚而来,眨眼间把所有人全笼罩了。惊呼声、尖叫声顿时四起,接着是桌椅倒地声、碗碟打碎声,大伙拼命地往外跑,因为每一秒钟都关系到身家性命啊。

慌乱中谢姝被人推倒在地,脚脖子一下子崴了,疼得没法说,一步也挪不动,而这时火光更大了,烤得她透不过气来,她只来得及发出一声惊呼就被浓烟呛住了。就在这性命攸关之际,一双有力的手摸索着抓住了她。

那人一下子把谢姝背在了后背上,谁知刚跑了两步,那人却又把谢姝横抱在了胸前。谢姝迷迷糊糊地想:"这是干什么啊?"就在这时又是一声震耳欲聋的爆炸声,然后就什么也不知道了。

等再醒来时,谢姝发现自己躺在医院内,摸摸胳膊看看腿,安然无恙,只不过是擦破了皮,然后她想起了那个救她的人。

看护的同学告诉她,先前事故是因为餐馆钢瓶漏气发生了爆炸,而那个救她的人此刻正躺在重症救护室内,后背被严重炸伤,怕已不行了。

谢姝忽然明白他为什么在救她时,要把她从后背挪到前胸了,他在用他的身体保护她。

在重症救护室内,她看到一张平凡的脸,正是聚会时同学中的一个,是最含笑不语的一个。在谢姝走近他的一瞬间,他的眼睛亮了。

谢姝急切地问:"你为什么要舍命救我?"

那同学嘴角扯了一下,还以一个笑,还是不语,然后眼神暗了下去,他剩下的时间不多了。

谢姝突然想起什么,手忙脚乱地掏出手机,找出那个短信回拨过去,然后,铃声响了,声音来自病床床头柜上的手机。

同学告诉谢姝,这正是他的手机。

他的脸红了,因为心底最深处的隐秘被发现。

谢姝毫不犹豫地伏下身去,吻,为了这卑微而分外高尚的爱情。

她吻上的是他那冰凉而芬芳的唇。

吃顿饺子过大年

大年三十的黄昏,雪花飞扬,寒意逼人,钟良百无聊赖地坐在宿舍内看电视。今年过年是回不去了,领导说了,钟良你还没成家,所以年三十和初一值班,年初二开始放假,辛苦你了。领导这么说了,还能怎么办呢?

这时电视上出现一家团团坐着吃饺子的画面,钟良一看之下顿时食欲大动，以往每年的这时，一家人都要快快乐乐地吃顿饺子，后来爸走了，他和妈妈依旧吃饺子守岁，这段时光无可置疑地是一年中最温馨的一幕。今年单位倒是发了好多速冻饺子，可半点胃口也没有，这样的饺子哪有妈妈亲手包出来的有味？

这么一想便再也忍不住，当即拨通家里电话，只响了一声，妈在那头就接通了："是小良吧？你怎么还不回家啊？饺子早就包好了，就等你家来吃，我又不会打电话，正要请人打给你呢。"

看样子妈一直守候在电话边，钟良心里有点酸，忙说："妈，领导安排我值班，要到初三才放假，那时我一定回去，妈，我好想吃你包的饺子……"

钟良忽然一阵哽咽，忙又说了一句："妈，新年快乐！"便挂了电话。

钟良刚才在电话里撒了个谎，明明是初二放假，他跟妈说初三才放假，原因是初二同学聚会。

大年初一一大早，还在酣睡的钟良就被铺天盖地的鞭炮声惊醒了，看看手机才七点，钟良迷迷糊糊地翻身又睡，就在这时想起"笃笃"的敲门声。

一大早谁会来啊？钟良连忙披衣下床，刚一开门就见眼前无比亮堂，直刺得眼睛都睁不开来，原来下了一夜大雪，满世界银装素裹，地上的积雪有尺把厚，而妈顶着一身雪花正笑吟吟地站在面前。

钟良吃了一惊，忙让妈进屋，一边问道："妈，你这么早就来了？怎么来的？有事吗？"

妈妈的脸冻得青紫，说话都不利索了："坐车来的呗，二十来里路，一会儿就到了，事倒没有，儿子，看，这是什么？"

妈说着从挎着的蓝布包袱里拿出一袋东西，啊，是饺子，一个个冻得硬邦邦的，一看那花式就知是妈亲手包的。

钟良欢呼起来:"哇,有饺子吃喽,过年喽!"

娘儿俩当即把饺子煮了,快快乐乐地吃了一顿饺子。吃完后钟良一看手机,说:"妈,你就别走了,等我下班一起出去吃。"

妈一边手脚麻利地洗着碗筷,一边说:"我才不要花那个冤枉钱,我这就回去,过年了家里没人可不行,再说我还要准备你初三回家时的饭菜,家里还有猪和鸡要喂,小良,天气冷,你要多穿点……"

妈向车站走去,车站不远,妈坚持不要钟良送,这时雪下得更大了。

初一过了是初二,中午和同学们大呼小叫地吃完饭后,有同学提议到歌厅唱一下午,晚上继续聚会,此言一出每个人都积极响应。等走出酒店才发现一个问题:歌厅离得很远,可大家酒都喝多了,车子没法开,只有打的一条路了。

钟良好容易才拦到出租车,一屁股坐下后忽然想到明天回老家的事,便随口问道:"师傅,明天到乡下去不去?"

开车师傅听了把头一摇,说:"这么大的雪,谁敢开?"

钟良酒意浓浓地望着飞扬的雪花,又看看地面,嘟囔道:"雪是大,可下到地面不是全化了吗?"

师傅说:"这是市区,雪自然化了,即使不化也给铲了,可你出了城再看看,雪大得连路都找不到。"

钟良忽然无缘无故地一惊,好像触动了什么心思,酒顿时醒了,又问道:"那下乡的公交车能不能开?"

师傅笑了起来,说:"还公交车?更不敢开了,告诉你公交车都停了两三天了,原因是大前天一辆公交看不清路面,竟一头开进了路旁的河沟里,差点出大事,所以这两天大量警察出动,把通往外面的道路全封了……"

钟良愣住了,心里隐隐地有点疼,喘气都不匀了,掏出手机拨通家里的电话,一连响了好几声后,谢天谢地终于有人接了,不过不是妈的声音,而是邻居大婶。

钟良说:"婶,我是小良,我妈呢?"

大婶的声音内带着气,说:"还晓得问你妈啊,告诉你,她脚崴了……"

电话里忽然响起妈的声音,听情形好像是妈一把抢过了电话,说:"小良啊,甭听你婶子的,妈很好……"

钟良叫起来:"妈,你告诉我,你来回是不是步行的,所以把脚崴了?我都知道了,这两天雪大,公交车根本就没开。"

妈笑了起来,说:"公交车是没开,不过妈也浪费了一把,是坐出租车回家的……"

钟良大叫起来:"别骗我了,警察都封了路,根本不会有出租车开出城的!"

电话那头妈一下子沉默了,半晌说:"不就是二十来里路嘛,算什么啊,我正好活动活动筋骨……"

钟良关了手机,他怕在同学面前眼泪会掉下来。

这时歌厅到了,钟良下了车却没有进去,而是对大伙郑重说道:"对不起,我不进去了,我得回家陪我妈过年,我连一秒钟都不能等了。"

有同学惊叫起来:"钟良,这么大的雪你怎么回去?"

钟良斩钉截铁地说:"我妈是怎么来的,我就怎么回去!我说,你们也多陪一下爸妈吧,又是一年了,他们更老了……"

雪花更大,满世界无声地飘落,同学们听了钟良的话没有吱声,个个静静地站在大雪中,回味着……

爱炒作的老师

这些天一则报道激荡着人们的心田,说大山内有位老教师数十年如一日,默默无闻地坚守三尺讲台,更使人们感慨万分的是,孩子们上学必须经过一条不算浅的小溪,于是这位老教师便背着孩子们来回过小溪数十年,不分早晚,无论寒暑,以至于老教师过早驼背,华发早生,双腿关节更是因为冰冷溪水的浸泡而肿胀变形。

这则报道立即激发出许多人的同情心,善款很快如雪花般从四面八方汇来,人们强烈要求在小溪上建一座桥,为了孩子们,也为了老教师。上级部门顺势而动划拨款项,不久一座气派结实的钢筋水泥桥便横跨于小溪之上了,再然后,有关部门给了老教师极大的荣誉。

整件事至此可算是皆大欢喜,圆满收场,说实话这一切虽说感人,也并不罕见,但接下来怪事发生了:那位老教师闲不住,竟继续每天背学生过河。

这下子各种议论不可避免地产生了:有说老教师有毛病,背学生都背上瘾了;有说老教师一直以来背学生都是有偿的,现在他舍不得扔下。而最公认的一种说法是:老教师这是借机炒作,他想继续出名。

一时间什么说法都有,但老教师充耳不闻,不顾苍老的躯体佝偻如弓,不惜关节炎疼得他浑身直打战,继续来回背学生。

这几天连续大雨,大伙忽然想到一件事:这么大的雨,溪水必然暴涨,老教师背学生肯定有危险,不行,你可以炒作出名,但我们孩子的性命更要紧,必须阻止他。

于是大伙结伴冒雨来到溪边,果见老教师穿着雨衣,"强迫"学生一个接一个地趴上他的背,再一步一颤走在齐腰深的水里。

大伙忙让学生走大桥,一边上前准备说服老教师,谁知就在这时一场灾难从天而降:只听得几声沉闷而又令人胆寒的巨响过后,大桥竟然如积木般断裂了,几个正走在桥面上的孩子在惊叫声中掉了下去。

众人大惊,没命地跳入水中……但依旧有两个孩子因为水流太大,再加之受了重伤,不幸过早地凋谢了。

望着两具幼小的尸体,老教师悲怆无比放声大哭:"现在知道我为什么要背孩子了吧?我不放心这座桥啊,我一次次向上级反映桥墩有裂痕,可他们要么不予理睬,要么严厉呵斥我不要乱说,我也不敢断定这桥是不是真有问题,为了安全起见,只好背孩子们,可现在……"

大伙吓得胆都破了,心里更是痛苦得无以复加,这是怎么了?一座才建成不久的钢筋水泥桥怎么就比不上两条衰老有病的血肉之腿?

那年月的爱情

奶奶一直躺着,气息越来越弱了,爷爷非要我们搀着他,颤巍巍地坐在奶奶身边,就这么握着奶奶的手,昏花的老眼紧盯着奶奶看,眼睛眨也不眨一下。我们站着,不敢哭、不出声,静静地守候着。

奶奶的脸上突然现出红光,我们一惊,这是回光返照!果然,好久不能出声的奶奶声音虽低微,但分外清晰地开口了:"他爷爷,我这辈子伺候老的、拉扯小的,屋内屋外一天没闲过,也算对得起一大家子了——可有件事我对不起你,我瞒了你一辈子!"

我们闻言齐刷刷一惊,奶奶能有什么事瞒了爷爷一辈子?

爷爷眼皮一跳,看上去有些吃惊,然后爷爷吃力地摇摇奶奶青筋暴露的手,衰弱地说:"我不管什么事,都过去了,不要说了……"

奶奶摇摇头,神色异常坚决,还夹杂有一丝难为情,说:"不,我要说,不说的话我死不瞑目——实际上在你之前,我还喜欢过一个人!"

在奶奶断断续续的叙述中,我们听懂了大意如下:那年月抗美援朝打得正热,这天听说有一支后续入朝作战的部队要从我们村经过,于是我们女孩子拼命地煮鸡蛋做军鞋。那时我情窦初开,悄悄爱上了一个人,可这个人并不是具体的一个人,而是一类人,他就是被称作"最可爱的人"的志愿军战士,情热之下我决定

写一封情书。

当战士们雄赳赳气昂昂地列队过来时，因为心里有"鬼"，我羞得根本不敢抬头，瞅准迎面过来一个高个子战士，我一把胡乱塞过鞋子，那是我生平第一次离一个青年男子如此之近，我还碰到了他的手，感受到了他的青春气息，那一刻我的心都快跳出来了……那鞋子内的绣花鞋垫下压着我生平第一封，也是唯一一封情书。其实所谓情书只是一张小纸片，上面只有一句话：我爱你，最可爱的人！

奶奶讲到这里眼神迷离，狂喘个不停，又望着爷爷，挣扎着问道："后来我就嫁给了你，因为你是一个退伍的志愿军战士……他爷爷，原谅我好吗？"

爷爷脸庞通红地拼命摆手，动作幅度大极了，想说什么，可一阵剧烈的咳嗽袭来，爷爷无法张嘴出声，奶奶显然明白爷爷原谅她了，一笑，眼睛慢慢闭了起来。

我们大恸，正要放声哭，爷爷忽然不咳了，然后头一歪……爷爷的手一直紧握着奶奶的手。

在收拾爷爷这位志愿军老战士的遗物时，在隐秘的角落内，在坚固的箱子内，我们发现一个小小的黄铜炮弹壳做成的匣子。爸爸惊叫起来："我小时候看过这匣子，可爸爸虎着脸不让动，听妈说连她也不让看，也不知里面装着什么。"

我们孙辈更是惊叫声一片："我们也见过这匣子，可爷爷什么都可以给，就是不让动这宝贝。"

几十年过去了，爷爷竟还精心保存着匣子。

众目睽睽之下，我们万分小心地打开匣子，发现里面叠着一块红绸子，岁月沧桑，红绸子颜色已褪得发白，依稀可见当年的鲜艳，轻轻打开，红绸子内包着两只绣花鞋垫，从未穿过，精美之极，可以想见当年绣花人的一针一线、一片深情,拿起鞋垫,下面是一张发黄发脆的纸片……

天啦、天啦!

时间都去哪了

章诚这天登录一家知名门户网站时,看到一条分外醒目的启事:隆重征集老照片,照片要求必须是与父母及亲人的合影,符合以下三个条件者——年代最久远、跨年度最多、最有意义,将获得五万元的大奖!

章诚一见之下顿时大喜,因为自己恰好有这样的老照片,并且整整二十年连续不断地与父母合影,相信很难有人超过自己了。

这些照片一直随身带着,都有些泛黄了,每张照片上都有拍摄日期,一年年排列下来,清晰无误。章诚当即兴冲冲地把照片一张张传上网,不出所料,网上立马一片惊叹声,大伙纷纷跟帖说:"我们一年两年,甚至十年八年的合影都有,但达到二十年连续不断的还真没有,罢了罢了,大奖非这位仁兄莫属了。"

章诚见了回帖更是兴奋,天天做着获大奖的梦,甚至把奖金的具体用途都想好了,其中一个重要用途是抽空回趟老家,远在家乡的父母已很老,有两三年没回去了,该去看看他们了,就用这奖金给他们装台空调,然后带他们到医院做次全身检查……

美梦做得正酣,忽然晴天一声霹雳:大奖揭晓了,却不是他的!

章诚犹如当头挨了一棒,天地都旋转起来,有人与父母的合影竟超过自己?

可等章诚颤抖着手指,点开获大奖照片一看,一下子蹦跳起来:大奖照片只有十张,也就是说只有十年!

章诚顿时愤怒得无以复加,立即疯狂跟帖,把所能想到的词一股脑地发泄上去:"二十年不如十年,网站指鹿为马,评奖惊天猫腻!是内定好了的,纯属商业炒作、虚假活动、暗箱操作、内幕交易,公然玩弄网民感情!"

一石激起千层浪,此帖一出,立即引发广大网民一片讨伐声浪,实际上有好多人的合影照片也远超十年。一时间抨击网站的跟帖如大海涨潮,一浪高过一浪,是的,这么黑白分明的事竟然都敢颠倒混淆,太过分了!

就在大伙情绪激涨到顶点,像火山临近喷发时,网站现身解释了,语气清晰而温和,是这样说的:"各位亲爱的网友,或许你与父母的合影不止十年,又或许你的那些照片年代更久远,但请仔细回看一下,那些合影内,阁下当时是几岁?恕我直言,几乎都是父母牵着你的小手、揽着你稚嫩的肩在拍照,也就是说,是父母领着你的合影,而不是你领着父母的合影。更重要的一点是,阁下的照片全是以前的,近几年的呢?今年的呢?请再看看大奖获得者的照片吧,我相信阁下一定会认为人家的更有意义!"

章诚悚然一惊,忙重新审视自己的照片,果然不错,一张张的,先是父母抱着自己,然后是牵着自己,最后一张是自己长到二十岁,比父母还高一头时,越来越老的父母搂着自己的肩头,留下的记忆。

那二十岁以后的照片呢?二十岁以后远离了家乡、父母,来到异乡上了大学,然后是工作、定居,与父母合影的事,渐渐淡忘了、不当一回事了、抛到一边了,实际上近几年连家乡都很少回,即使回去了也是来去匆匆,像完成一个形式,更甭提合影了……

再看大奖获得者的照片,一张张的拍摄日期,清清楚楚地一直排列到今年,照片上一家人的脸上洋溢着发自内心的快乐的笑,并且,令人吃惊的是,十张照片的背景完全相同,全是在一棵大榕树下。

第一张上还有简略的两行文字,笔笔在意、字字深情:村口的大榕树一年年青翠,而父母一年年老去,所以从现在开始,再忙再累,我都要回去,郑重地邀请大榕树,年年记住我和父母的温馨时光,把时光定格,把记忆永恒!

章诚的眼泪一下子出来了,网站上网友也是一片沉寂……

好久、好久,章诚一字一字地打下这样一句话:莫非真要来一场时光倒流,我们才能陪伴父母更久?但愿还来得及!

最后一次拥抱

林海在大城市工作,今年春节终于抽出空回到老家跟爸妈欢聚一堂。一眨眼的工夫假期结束了,要返程的时候,林海心里不免难过起来,工作太忙了,路途太遥远了,或许下一次团聚又得是春节时。

时候不早了,林海用力拥抱了一下妈妈,又向苍老的爸爸挥挥手,掉头大踏步就走了,再耽搁下去,他的眼泪会流出来。

当到家的时候,妈打来一个电话,说:"海子,你走后你爸一直不开心,酒不肯喝不说,连饭也不想吃。"

林海忙说:"妈,您告诉爸,一有空我就会回去的,那时候我一定多陪爸几天……"

妈打断林海说:"不仅仅是这个,我偷偷告诉你原因,主要是你离开家时跟我拥抱了,没有跟他拥抱,他就有点伤心了,说儿子大了不亲热了、生分了,说他以前那么喜欢你,你小时候他天天把你搂在怀内,现在连个拥抱都不肯……嗨,这老头越过越像小孩了。"

林海听了心里诧异,不就是一个拥抱吗?爸竟然需要这个!

不过爸说得对,不知从什么时候起,父子之间开始变得生分了。平日里总是本能地打给妈妈电话,打给爸爸总觉得无话可说,而一旦父子面对面,更是绞尽脑汁也想不出一句话,跟妈倒有许多话要说。有时跟爸不像对父子,倒像是朋友,甭说拥抱了,连拉下手都觉得别扭。或许天底下所有的父子全是这样吧?

不管怎么说,下次回去时,一定要狠狠拥抱爸一下。

日月飞快,一晃半年过去了,林海一直忙;再一晃又过年了,林海还是忙。老家就像天上的月亮,美丽万分,却又遥不可及。好在来日方长,等忙过这阵一定回去,还欠爸一个拥抱哩。

时间跑啊跑,又不知跑了多远。这天忽然接到电话:爸突发疾病,不行了!

林海一听之下就像身后的一座可以依靠的大山塌了,一棵遮天蔽日的大树倒了,心脏像给一只巨手一下子摘了去,空荡荡的,除了疼,还是疼。

这一路风雨无阻,星夜兼程,原来回趟老家并不算太难,也不会耽搁太长时间,只要愿意挤,总会挤出时间的,可自己以前怎么就那么望而生畏呢?

当一脚踏进家门的时候,正看到爸静静地躺着,妈和亲戚全围着。

妈说:"你爸老早就感觉不舒服了,可不让跟你说,说你太忙,他还说,海子说要拥抱我呢,我得好好活着……"

林海好容易才脱下鞋爬上床,坐在爸的脚底下,然后虔诚地伸出双手托住爸的后背,轻轻一用力,爸便坐了起来,啊,什么时候爸变得这么轻?

爸身上暖乎乎的,有一种熟悉的味道,那是自己小时候爬在爸背上时闻到的味道,是寒夜里躺在爸怀里时闻到的味道,太熟悉了,又太陌生了。

然后,林海把爸的头轻轻靠在自己的肩膀上,就像他小时候靠在爸的肩膀上。

林海再用力搂住爸的腰,说:"爸,我拥抱你了……"

爸没有回答,因为在几分钟之前爸已走了。

我妈老了

洪涛这人一直没有什么不良嗜好,除了抽烟。洪涛的爸就是常年抽烟导致患上肺癌死的,可就是这样,洪涛还是抽。妈、老婆,包括女儿,谁也劝阻不了他,为此他还振振有词地说:"俗话说,不抽不喝不赌,对不起三代老祖,我就这么一个爱好,要是连这个都戒了还是男人吗?至于肺癌不肺癌的,生死由命,富贵在天,管不了那么多了。"

这天妈回到家时眼圈红红的,眼泡还肿着,像是哭过,洪涛忙问怎么了,妈声音嘶哑地说:"小区内何奶奶的儿子死了,才四十多,正上有老下有小的年纪,撂下一大家子,这日子怎么过啊?"

洪涛吓了一跳,说:"何奶奶儿子我认识啊,蛮龙精虎壮的一个人,怎么说死就死了?"

妈长叹一声,摇摇头说:"看上去龙精虎壮,可内瓤子早就坏了,喝酒太多,一检查就是肝癌晚期。唉,黄泉路上无老少啊!"

洪涛听了发了半天的愣,白发人送黑发人,的确是人间至惨之事,难怪妈这么伤心。

然而接下来发生的另一件事,妈听了格外伤心。

那天小区内又死了一个男人,岁数更年轻,才三十多岁,原因是毒驾,吸毒后开车诱发幻觉,结果迎面撞上一辆小车,两个开车的当场死亡。

而这起事故的后果更为严重,那吸毒的年轻人倒是一死了之,可他的家人还得赔偿一大笔钱给人家,真可谓人财两空、家破人亡。

妈听说后神情恍惚了好长时间,时不时地淌眼泪,洪涛心里也不免难过起来。

这天酒店内朋友聚会,洪涛正和大家聊得开心,手机响了,是老婆打来的,老婆的声音十分紧张,说:"洪涛,你快回来吧,我心里有点怕。"

洪涛说:"我跟朋友聚会又不是干什么违法的事,你让我回去干什么?有什么好怕的?"

老婆说:"我刚才收拾房间的时候,在妈的床头柜内找到一瓶药,满满一大瓶……"

洪涛谈兴正浓,不耐烦地打断说:"妈有慢性病,经常服药,发现药有什么稀奇的?"

老婆的声音听上去都要哭了,说:"可是,那药是安眠药啊!妈积攒这么多药,你说得用多长时间?得下多大决心?我一再问妈,弄这么些药干什么用,妈被我问不过,还没回答先哭了,最后说,她是防备着留一手,妈说,咱爸的早逝已使她痛苦得不得了,如果有一天儿子再发生不测,像咱爸,像小区内的那两户人家,她一定抢在儿子之前先死,眼不见为净,她实在受不了亲人们一个个离她而去……洪涛,回来劝劝妈吧,求求你了!"

此时朋友们借着酒劲正高谈阔论,忽然发现有点异常,聚目一瞧,却看到洪涛一言不发地发愣,然后洪涛做出一个奇怪的举动:先把手上正燃着的烟掐灭,然后从兜中掏出烟,捏成一团,又继续使劲捏。

朋友们叫起来:"洪涛,好好的烟怎么给捏了?中邪了不是?"

洪涛点点头,一字一句地说:"是的,以前是中邪了,从今后,不,从现在开始,我要戒烟!"

大伙一愣,随即哄堂大笑起来,说:"又戒烟了?我说哥们,你都戒过若干次了,这回……"

洪涛抬起头,眼神无比坚毅,说:"这回是真的,铁定的真,如果不戒,我就是个畜生!"

洪涛便把刚才老婆的电话内容一五一十地说了,最后说:"我妈老了,我老婆还年轻,而我宝贝女儿还小,身为家里唯一的男人,我一定要给我妈养老,陪我老婆走到老,还要把我闺女拉扯大,她们一天不能没有我,所以我一定要保重自己!"

大伙先惊讶地听着,然后沉默下来,若有所思,最后,悄悄盖上酒瓶,又掐灭了烟。

父亲的命根子

韩东的父亲有个命根子,可这个命根子与众不同,它竟是一棵大樟树。

原来父亲小时候一直体弱多病,后来奶奶听了一位高人的指点,领着父亲来到后院,后院内长着一棵郁郁葱葱的樟树。奶奶先在樟树身上挂上红绸子,再摆上各色供果点上香,最后叫父亲对着大樟树恭恭敬敬地叩了三个头,奶奶一脸肃穆地说:"儿子,从此以后这棵树就是你的命根子了,它会保佑你一生平平安安的。"

说也奇怪,从那以后父亲的身体就一天天地强壮起来,父亲对大樟树更加恭敬有加,决不允许任何人对大树有一丁点的伤害。有一件事韩东记忆特别深,那还是他小的时候,正是浑身精力使不完的当儿,有一天他拿菜刀在大树身上深深地刻下一个字:东。他这一刻倒是无所谓,但当天晚上父亲就突然发起热来。当父亲最终发现大树身上被刻了字时,他毫不留情地狠揍了韩东一顿。

从此后韩东就气愤地知道了这样一个真相:在父亲心中,大樟树的地位远超过他。

时光过得飞快,一晃韩东长大成人,在城里工作了,现在他越发瞧不起父亲的行为。什么命根子不命根子的,那只是迷信而已,既然大樟树才是父亲的命根子,那就让树陪他好了。这样韩东便很少回去,父子间的隔阂越发深了。

谁知就在这时一件大事横亘在韩东面前:他向交往多年的女友求婚时,女友提出一个条件,买套房,否则她不会考虑的。

女友樱桃小口吐出的"考虑"二字,可吓坏了韩东,他立即凑起钱来,可是把身上最后一个"铜板"都搜刮干净了,却连首付都差好几万。就在他急得嘴角起大泡时,父亲来了,父亲递过五万元钱。好长时间不见,父亲的脸越发像风干的核桃,头发也差不多全白了,父亲真的老了。

韩东一时间又惊又喜,问哪来这么多钱的,父亲听了快活地一笑,说:"我这么多年来攒下的呗。"

日子正五光十色地流淌着,忽然之间父亲病了,到城内一检查,已是无药可救,父亲说什么也不肯治疗,一定要回家。韩东只得送爸回家,一进久违了的院门,韩东就觉察到不对劲,总好像少了什么。当转到后院时,韩东一下子惊呆了:大樟树不见了。

韩东忙问父亲树哪去了,父亲先不肯说,可禁不住韩东的一再追问,一脸平静地说:"我嫌它遮挡阳光,卖了。"

人老了,只会越来越迷信,可父亲竟卖掉了相伴多年的命根子!或许这就是他生病的原因,至少是心理原因。

就像一道雪亮的闪电划过漆黑的夜空,韩东突然明白过来:父亲之所以卖树,是给自己凑房款了。

原来自己才是父亲心里真正的命根子。

父亲临咽气前说:"儿子,不要难过,那树是我的命根子,也会是你的命根子,它会时时刻刻保佑你的,它卖进城,不是离你更近了吗?你有一天看到树,就像看到我呢。"

这一天,韩东和女友终于搬进了崭新美丽的小区新房,两人在宽敞明亮的屋内紧紧抱在一起跳啊笑啊,生活从未有过的甜

蜜,突然间韩东像被施了定身法一样,纹丝不动。

原来韩东一瞥间看到房间外面长着一棵树,那是一棵高大粗壮的樟树。

韩东的心里无缘无故地一疼,忙拉着女友的手直奔出去,在树腰处,韩东清清楚楚地看到一个字:东。

那正是自己小时候用刀刻下的,虽然沧桑岁月无情地挤压得这个字有点变形,但还是认得出来。

原来自家的大樟树竟正好移栽到了新小区内,且就在屋外。

韩东上前一把搂住树……父亲说得一点都不错,命根子真的时时刻刻与自己在一起,无怨无悔遮风挡雨,只是以前不知道好好珍惜。

玫瑰分外红

情人节到了,满眼是年轻人的笑脸,满世界流淌着浓情蜜意,满鼻子嗅的是玫瑰花香。

老陈在一家小小的花店前转了无数个圈,却始终没有勇气推开花店的玻璃门,他真的想给老伴儿买上一朵玫瑰。说起来老伴儿年轻时候可真美得像朵玫瑰花,她也曾想老陈送她玫瑰花,他许诺说,明年吧,明年一定买。可一年一年的,为了这个家,为了儿女,日子过得紧巴巴的,哪还有钱买花啊。一转眼儿女们都成家了,不要他们辛苦了,可人也老了,更没有那个闲心了。

可是,现在再不买只怕这辈子也没有机会了,因为老伴儿得了癌,没有多少日子了。

现在问题是,自己这么大年纪了,要是进店买花,那个卖花的女孩会不会笑话我老不正经? 自己虽穷,可一辈子站得稳行得正,临老了哪能让人笑话。

天色一点点暗了,进店买花的人越来越少,隔着门,可以看到玫瑰也越来越少,再不买就真没了,老陈还是没有勇气。他不禁恨起自己的性格来,一辈子黏黏乎乎的。就在这时,玻璃门开了,卖花的女孩走了出来,手里还拿着一束玫瑰花。女孩一抬眼看到了老陈,似乎有点意外的样子,然后甜甜地说:"爷爷,这几朵玫瑰,送给您好不好?"

老陈一愣,正一头雾水,女孩又说了:"是这样的,这几朵花瓣缺少了,没卖相,一直没人要,我也要打烊了,扔了怪可惜的,您就只当做好事收下吧。"

老陈这才明白过来,顿时大喜,接过来后连声说谢谢,又把花儿小心地藏在怀内,让熟人看到了那还不臊死个人? 又怕衣服压坏了花,掉头急急走了几步后忽然回过味来:情人节哪有花店这么早打烊的? 分明是女孩老早瞧见了我在她店门口转悠……

老陈这么想着,回头一看,果真看到那女孩一脸善意的却又坏坏的笑,老陈的脸一下子变得滚烫,心里更烫。

回到家后,老陈忽然有点难为情起来,一辈子没送过花给老伴儿,现在一把年纪了竟要浪漫一下……忙定定神,小心拿出花,佯装无意地说:"今个也巧了,正好有一家花店要扔掉这几朵玫瑰,说是花瓣掉了好多,卖不掉了,扔了怪可惜的,我便拿了回来。"说着插进花瓶内,家里一下子亮堂起来,有种说不出的情调。

掉头再一看,老伴儿的神情怪怪的,原本苍白的脸上竟现出一丝红晕来,然后老伴儿说道:"我今天闲着没事,给你做了一双鞋垫。"

老陈一听想说：你身体这么弱，还有精力做鞋垫？这话正要说出口，却又顿住了，他看到那双鞋垫美丽极了，因为上面各绣着一朵娇艳欲滴的花，是玫瑰。

窗外红彤彤的夕阳直照进来，屋内屋外像玫瑰一样艳红。

最难忘的那一次

陈曼这一天忽然接到老家电话：妈妈突发疾病，不行了！

陈曼顿时肝肠寸断，立即星夜兼程，当赶到家时，老宅内全是左右邻居，而躺在床上的妈妈已是奄奄一息。

老辈人见陈曼回来，忙说："小曼，快帮妈妈擦洗一下，让她干干净净地上路。"

陈曼知道这是老家规矩，便不敢哭泣，给妈小心地梳完头洗完脸后又打来热水，帮妈妈擦起身子来，这一擦更是悲痛难忍，妈妈什么时候只剩皮包骨头了？都怪自己一天到晚地忙，疏于对妈妈的照顾，而妈妈也不肯到城里跟她一起生活，说在城里住不惯，实际上是不想给自己增加负担……我有多长时间没回来了？

擦完身子又换了热水洗脚，当陈曼小心翼翼地把妈妈的双脚放入热水里时，妈妈昏沉沉的脸上竟现出一副舒坦的样子来，忽然眼开眼，语调轻微地说："小曼，妈这一生只让人洗过三次脚。"

陈曼大喜，妈清醒过来了，这么说妈妈不会死！可老辈人脸上却现出分外悲伤的样子来，陈曼一下子明白过来：妈这是回光返照。

妈又说了:"一次是现在,还有一次是在城里,小曼你这丫头不听话,非要到足浴店里让人家给我洗……"

陈曼一听想起来了,是有这回事,那次好容易说服妈妈到城里住几天,楼下恰好有个足浴店,一番好说歹说过后,妈终于同意进去洗了一次。事后妈妈说倒是蛮舒服的,可太贵了,以后坚决不洗了。

这时有邻居大婶问道:"小曼妈,人家足浴店肯定比小曼洗脚舒坦吧?"

谁知妈摇摇头,说:"当然是我家小曼洗得舒坦了,可最舒坦的还不是今天,好多年前啊,我曾有过一生中最舒坦的一次洗脚,当小曼小小的嫩嫩的手捏住我的脚时……"

陈曼正给妈妈细心地洗着脚,妈妈的脚粗糙瘦削,上面全是青筋,她一听这话一下子愣住了:我什么时候还给妈妈洗过脚?妈记错了吧?

哎哟,不对不对,想起来了,是洗过一次。

那时自己好像才十岁的样子,那一天是母亲节,老师布置了一道作业:回家给妈妈洗回脚,然后写篇作文。小小的陈曼便给妈妈洗了一次脚,可当时只是完成作业而已,洗得马马虎虎的。想不到这么多年了妈妈竟还记得,而且刻骨铭心!

可从此后便再也没为妈妈洗过脚,何谈洗脚,甚至在一起的时候都很少。

陈曼心中剧烈地颤抖,低着头说:"妈,以后我天天为你洗脚……我们再也不分开了。"陈曼不敢抬头,怕泪水被妈妈看到。

可是,妈妈没回答,陈曼一惊,再一看,妈妈已永远地闭上了眼睛。

向老人致敬

韩志峰一家人最近相当烦恼,因为爸的病越来越重,具体说就是记忆力越来越差,常常一转身就忘事,并且有失忆的迹象,严重时连生活都不能自理。韩志峰当然不能坐视不理,可是医院跑了好多,药也成把成把地吃了不少,收效却不大。

这时正是夏季,韩志峰这天开着车,带着一家人来到一处风景点游玩,目的是让爸散散心,说不定能缓解一下病情。不出所料,欣赏着风景点优美的花草树木,呼吸着新鲜的空气,爸相当开心,脚步也分外矫健。

这时韩志峰看到不远处有几个农民在挖坝口,那是一口大鱼塘,鱼塘地势高,农民便挖开坝口,用一道渔网挡着,好让鱼塘内的水流尽后捕鱼。这引得城里来的游客都兴致勃勃地聚拢来观看,哗哗的水声和不时跳跃出水面的大鱼引得众人一阵阵惊呼。谁知就在这时意外发生了!

有人突然放声大叫起来:"决口了!决口了!快,大家快封堵啊!"

话音一落只听得"扑通"一声,有人竟奋不顾身地跳进了坝口中,然后伸展开双臂朝岸上人吼道:"快打木桩、扔沙袋,快啊!"

众人全惊呆了,不知发生了什么事,韩志峰更是魂飞魄散,跳下去的人,是爸!

见众人待着不动,老人更火了,疯狂大叫:"都愣着干什么?听我命令,是爷们的,都给我跳下来!"

这时水流越发猛了,眼见爸被冲得歪歪斜斜的,有几个人失声笑了起来,像看热闹一样,显然他们看出韩志峰爸有点不正常。韩志峰热血上涌,什么也不顾了,"扑通"一声跳下去,用力来拉爸。爸见有人要拉他上去,更火了,雄狮一样地吼道:"拉我干什么?快堵决口,百姓的家园重要还是我的命重要?"

众人越发不解,更多的人笑了起来。这时韩志峰妈明白了一切,在岸上嘶声大叫:"这不是抗洪救险,老头子,你醒醒吧,你都退伍好多年了啊!"

可是,激昂的水声、喧哗声中,志峰爸,这个老兵仿佛回到了当年带领战士以身躯筑成血肉长城堵决口的场景,他依旧抵挡着、指挥着、咆哮着……

韩志峰眼含热泪对众人说:"我爸当年就是抗洪救险时,被一根粗木头砸到头部,从而落下了病根!"

大伙一下子明白了,没有人再笑,"扑通""扑通",大伙抢着跳下去,他们和老人手拉手、臂挽臂,气势如虹,以此向一位老兵致敬!

但愿人长久

陈亮决定回老家过年,无论再忙再累,车票再难买,耽误的工钱再多,也一定要回家!说起来还是大前年回的家,今年再不回去，爸妈会难过的。

陈亮一家三口大包小包地踏上了归途，不过与往年不同的是，陈亮没有打电话告知爸妈自己回家之事，原因是怕二老累着了。大前年除夕夜赶到家时，爸妈竟做了满满一大桌子好菜，为此付出的代价是爸的腰病发作，妈妈的手则被菜刀划了个大口子，而到最后菜吃不完，倒了好多。所以今年陈亮决定给爸妈一个惊喜，悄悄地回去，至于菜嘛，到时候随便弄点就行了，现在还在乎吃吗？

当千辛万苦，终于一脚踏上故园的大地时，已是暮色四合，陈亮忍不住长长地吸了一口空气，哇，太熟悉太好闻了，直入五脏六腑，全是鞭炮、炸肉丸子，以及各种蔬菜的味道，这就是过年的味道、家乡的味道，是全世界最好闻的味道！

陈亮领着妻儿兴冲冲地往家赶着，眼前家家户户欢声笑语，喜气洋洋，正走着，看到三婶家厨房内灯火通明，忽听到响亮至极的刺啦声，同时浓香从窗户直透出来，不用看也知道那是菜倒进滚热的油锅内发出的声音，这声音欢快动听极了，又听到好多人，包括小孩发出的欢笑声，热闹无比。

三婶的闺女嫁得极远，好多年不回来了。每年的除夕和新年就是三婶最难过的时候，而今晚三婶家喜气洋洋锅动瓢响，不用说是闺女一家回来了。真替三婶高兴！

陈亮一时间满心感慨，就在这时迎面撞见一个人，是低头走路的胡子大叔。胡子大叔的儿子在遥远的地方安下家了，听说孙子也在那边上学，都好几年不回来了，今年他们也回来了吗？

陈亮当即亮开嗓门热情地招呼道："大叔，过年好！"

胡子大叔一愣，随即笑了起来："是亮子啊，过年好，过年好。哎哟，一家子回来过年了，团圆了，好，真好，瞧你的小家伙都长这么大了。"

胡子大叔说着不停地抚摸陈亮儿子的头,孩子乖巧,小嘴一张,甜甜地叫道:"爷爷新年好!"

胡子大叔更高兴了,咧开没牙的嘴连声说:"好好好,真好……"一边说一边用粗糙的手悄悄擦眼角。

陈亮问:"大叔,大哥一家回来了吗?这么晚了你去哪?"

陈亮说的大哥就是胡子大叔的儿子。胡子大叔见问笑盈盈地说:"回来了,回来了,你问我去哪啊?我买酒去,一家人团圆没有酒怎么行?呵呵,也不晓得商店关门了没有,我得赶紧去。"

陈亮听了暗自庆幸,幸亏自己回来,不然万家团圆时独缺自家一家,爸妈多冷清!

一路走来家家热闹非凡,但陈亮渐渐地发现一个问题:家家户户的院门都关着。以前可不是这样的,以前每家的门都大敞四开的,孩子们尖叫着串门炸鞭炮,男人们聚到一块打牌喝酒,而女人们则互相交流厨艺。现在这是怎么了?

陈亮想了一下明白了:现在乡村人家也像城里人一样,喜欢关门闭户了。正想着,头一抬,家就在眼前,心里顿时一阵滚烫。

自家的院门也关着,陈亮颤着声音高叫起来,儿子也奶声奶气地叫"爷爷,奶奶",当院门打开的一刹那,小家伙一头扑到二老怀内。

在屋内,陈亮看到爸妈头上白发又增加了好多,面容更是苍老了不少……就在这时陈亮发现一件事:堂屋内的八仙桌上放着满满一桌子菜。色彩缤纷,丰盛无比,全是陈亮一家三口最爱吃的菜。

儿子惊呼一声,早就扑上桌拿筷子要吃,陈亮忙拦住,问道:"爸、妈,今晚咱家有客人来吗?"

爷爷奶奶双眼一刻也离不开孙子,都笑细了,那里面全是浓得化不开的疼爱,说:"大年三十的,哪有客人来?"

陈亮说:"哪弄这么一大桌子菜干什么?"

爸妈的脸上笑了一下,笑容有些古怪,可没有回答,又拿起筷子撩菜给孙子吃。陈亮心里纳闷,就又说:"妈,有什么事就说嘛。"

爸妈见没法不回答了,只好对望一眼,陈亮发现那眼神里全是尴尬,然后爸说:"这个,弄这么多菜,是做做样子嘛,大年三十的,冷锅冷灶的多难过,所以我和你妈就买了好多菜,忙了一整天弄出这么一大桌子菜来,这么一忙啊就不想你们了,好像你们已经回来了。还有,这样子忙法也是做给邻居们看,告诉他们我儿子一家也回来了,我们也团圆了,嘿嘿,就是这个意思。也不是一年这么做了,每年都这样。实际上大家心里都有数,只是不说破,乐和乐和一阵子拉倒。"

陈亮惊讶地听着,心里有点疼,有点喘不过气,忽然想起一件事,说:"刚才胡子大叔说他儿子一家也回来了,这下子胡子大叔不孤单了……"

爸摇摇头,闷闷地说:"跟我们一样,假的,每年的大年三十晚上,胡子大叔都一个人喝得大醉。"

陈亮心里疼痛的感觉更强了,又问:"那三婶的闺女呢?她回来了吗?"

这回是妈回答,妈擦擦眼睛,说:"哪有啊,可怜三婶都要想痴了,只好把以前录下的闺女一家的声音左一遍右一遍地放……"

爸说:"还有好多家也是这样的,生闺女的嫁人了,过年得到男方家;生儿子的,要么工作忙,要么太远,也不回来。现在过年回家的能有一半就了不得了。唉……"

陈亮呆呆地听着,难怪家家户户关着院门,是因为不想让人家看到在演空城计!

就在这时外面鞭炮声大作,不知不觉中新年到了,一家人忙涌到外面,在儿子兴奋的尖叫声内,一家人七手八脚地放起鞭炮焰火来。

在冲天而起的鞭炮声、焰火声中,陈亮抬头望着四下绚丽的焰火,心里说:那一朵焰火下的人家是真的团圆了吗?

但愿是的,一定是的!

绿色的记忆

大雨连续下了三天,城市里一片汪洋,突然街上出现好多动物,甚至还有猛兽。片刻的惊愕过后有消息传来:西郊动物园围墙被冲垮,动物们胜利地大逃亡。

城市一角,出现一头梅花鹿,身上梅花一样的白色斑点,头上枝丫一样的鹿茸,看上去分外美丽,不用说它也是从动物园里跑出来的。

大伙忙掏出手机拨打动物园电话,让他们快来抓捕这头鹿,可是对方抱歉地说,他们暂时来不了,得稍等一会儿,因为目前最紧要的是抓捕那些危险的猛兽。

有人说:"干脆我们自己动手抓住它,一头梅花鹿还能伤人吗?"

于是大伙围住鹿,慢慢地靠近它,可鹿警觉极了,一有人靠近便纵身蹦跳乱奔,而它身边全是滔滔急流,万一立足不稳跌倒,很可能会受伤甚至淹死。大伙忙互相招呼:"不能再靠近了,得打它个措手不及。"

于是鹿的正面有人佯攻,吸引它的注意力,后面则有一个壮汉悄没声地一点点地接近,终于近得不能再近了,壮汉一跃而起,一把抓住了鹿茸。

壮汉的想法是凭蛮力硬生生地制服鹿,可是意外发生了,受惊的鹿突然剧烈地甩头,"扑通"一声,竟把壮汉远远地甩进水里,它自己再从水中跳起来,跑了。

众人惊呼起来,好在壮汉很快从水中冒出头,叫声:"好大的力气!"

见壮汉没有受伤,众人这才放下心,忙又追赶鹿,追着追着不由得担心起来,原来前面是菜市场,路上有好多买菜的老人,外表温顺的鹿力气如此之大,它头上又有坚硬的鹿茸,万一受惊之下撞到人,那就麻烦大了。无论它自己受伤,还是老人受伤,都是大伙不愿意看到的。

正担心,奇迹出现了:鹿忽然脚步分外轻盈地小跑起来,一直跑到一个人身边,然后不停地摇头晃脑,又用脸颊不停蹭那个人,一直处于紧张状态的身体也渐渐松弛下来,那样子就像看到妈妈一样。

那是一位穿军装的军人。想必是执行任务或休假路过此地,刚才也加入了围捕的行列。

军人看上去一头雾水,显然根本弄不明白先前暴烈无比的鹿为什么会突然温顺下来,他试探着伸出手抚摸它的脑袋,鹿的回应是:更加热情地用脸蹭军人的衣服。

大伙又惊又喜,驻足看着这动人的一幕,有人问军人:"这位战士,你以前喂养过它吗?"

军人摇摇头,说:"没有啊,不瞒你们说,这还是我生平第一次见到真正的梅花鹿哩,真漂亮。"

大伙一听更纳闷了,就在这时动物园的工作人员赶到了,他们解开了这个谜团。

原来还在这只鹿很小的时候,鹿妈妈就被偷猎者打死了,是火速赶到的驻守哨卡的解放军战士抓住了盗猎者,然后收养了这只孤苦无依的小鹿。

从此以后小鹿就和军人们生活在一块了,军人们从牙缝里省出钱买来奶粉喂它,又割来最新鲜最丰美的青草。一晃几年过去了,小鹿渐渐长大了,哨卡条件有限,这才忍痛把它送进了动物园。

大伙明白了:原来这位军人的一身军装勾起了鹿美好的回忆,在它心目中,绿色的军装永远值得信赖和托付。

年轻的军人静静地听着,眼睛里亮闪闪的,最后说:"这头鹿让我感动,而我的战友更让我自豪!"

说着向着远方的哨卡,向着远方的战友,他敬了一个神圣的军礼。

双份大排面

一晃毕业一个多月了,成东天天早上到那家固定的小面馆,吃碗最便宜的阳春面后,再满怀信心地四处找工作。至于中饭和晚饭,当然是走到哪吃到哪,随便吃一口,把肚子糊弄个七分饱就算完事。

成东之所以一直在固定的这家面馆吃面,是因为这儿的阳春面十分好吃,虽说面里光光的没肉没菜,但分量多且汤足,那汤一闻就知是用鸡或筒子骨熬出的高汤,这样的高汤对成东来说已是很大的进补了。

当然,只有成东自己清楚,吸引他的最重要的因素是面馆老板的帮手,面馆老板是位言语不多、面孔黝黑的大爷,他的帮手是他的女儿,一个正上大一的面容清秀的女孩,对成东来说,能偷偷瞄上一眼就足够拥有一天的好心情了。

可今天成东点的面不是阳春面,而是一碗大排面。

以往成东总对邻座吃的大排面垂涎欲滴,那块大大的嫩嫩的红红的大排香极了,引得成东暗暗地吞口水,但他吃不起,只能幻想有朝一日找到工作领到薪水后狠狠地大吃一顿,而今天之所以破天荒地点上一碗大排面,并非是找到一份满意的工作,或者是发了一笔意外之财有钱了,实际情况恰恰相反,是因为他快要没钱了。当发现兜内的钱只够支撑两三天后他终于下了决心:吃一碗大排面。至于钱花光后怎么办,管他去,至少得做个饱死鬼。

自己以优异的成绩大学毕业,可怎么就找不到合适的工作呢?这世道太不公平了,既然它对我不公平,我对它也就用不着彬彬有礼了……

于是成东怀着悲壮和怨恨的心情慢慢地享受起大排面来,真好吃、真香,要是天天能吃上一碗这样的面该多好啊!可惜即使再细嚼慢咽、惜肉如金,排骨即使再大也有吃完的时候……

且慢,碗底残余的面条下怎么还卧着一块大排?

要不大排面内的大排就应该是两块?不对,以前偷看人家吃时就只有一块,那这是怎么回事?是大爷或者他女儿无意中多放了吗?好像也不太可能……

成东慌乱起来,偷眼一瞄,那父女俩正低头忙得不可开交,管他呢,又不是我偷的,先享受再说。

第二天早上,成东再次点了一碗大排面,那对父女俩对他根本不多看一眼,然后成东发现碗底赫然又卧着一块大排。这回吃完后成东没有做贼似的离开,他要看个究竟,很快一个油光满面的大胖子也点了一碗大排面,成东一直看着大胖子吃完,可以确定的是,那碗里只有一块大排。

当第三天发现自己碗里依旧有两块大排时,成东没有销赃似的抓紧吃掉,他那一向无比坚强的鼻子突然发酸,酸得不得了,根本控制不住,然后泪水终于不争气地滴到了碗里——那对父女绝不会一错再错的,原来这世上还是有人关心自己。

没说的,收拾起那些疯狂的想法,继续好好找工作,不然的话对不起这多出来的一块大排。还有,大排太好吃了,绝对是这世上最好的美味,只有找到工作了才能继续来享受。

一晃又是几天过去了,就要弹尽粮绝的时候,成东在一家快递公司找到了工作,这份工作当然不是成东所希望的,这要是放

在以前他是绝对看不上的,但现在成东认了,至少目前解决了饭碗。

当领到第一个月薪水后,成东急不可耐地来到了这家面馆,为了工作方便一晃搬离一个多月了,老天保佑,面馆还在。

面条还是那么香滑,大排还是那么嫩且味浓,这回面里只有一块大排!当成东递过一张百元大钞结账时,他发现那女孩咬着红红的嘴唇,脸上的笑意一闪即逝,这使得成东的心一阵乱跳。

一晃两三年过去了,成东跳了几次槽,换了好几次工作,因为优秀的专业水平,更因为比别人多了一份吃苦的精神和历练出来的成熟,他终于找到了一份好工作。

不变的是,只要有空成东就来吃面,即使绕再远的路他也愿意,大排面真的太好吃了,百吃犹香,因为是那女孩亲手下的。女孩或许也该大学毕业了吧?

一晃好多年过去了,这天早上成东开着车,携妻带儿再次来到面馆吃面,面馆还是老样子,生意不好也不坏,只不过当年清秀的女孩离开了。大爷越来越老了,须眉皆白,女儿和女婿舍不得他,劝他好多次了,让他歇手,可他就是不肯,说:"我可不是仅仅为了钱,懂不懂?"

坐在面馆里,成东一边等大排面,一边一往情深地跟幼小的儿子讲起了往事,讲他当年多吃到一块大排的故事。儿子听了奶声奶气地问他妈妈:"妈妈,爸爸讲的是真的吗?"

他妈妈点点头,神情幽幽地说:"是真的,当年你爸可傻了,也很辛苦,我还记得那时你爸的面容十分苍白瘦削,标准的一副穷大学生模样……"

她忽然发现老公的神情有点异样,循着他的视线一看,原来邻座有人正对着碗底发愣,原来碗底卧着一块大排,而这人鼻梁上架着一副眼镜,衣着寒酸,面孔清瘦,赫然就是当年的成东!

难怪大爷一直不肯撂下面馆。

一时间成东的心底烫得不行,就在这时大爷端着面笑容满面地过来了。

成东连忙站起身接过面,嘴内恭敬地喊声:"爸……"

最美的童心

韩东一家要出门旅游,可家里的小狗,一只泰迪犬灰灰怎么办?想了半天,有主意了,把灰灰送到一要好的朋友家,请他代养几天。

旅游很快乐,也很短暂,这天一家人高高兴兴地回来了。正走在小区内,迎面遇上牛老爹,女儿萌萌一见是牛老爹,吓得直往爸妈身后躲。

萌萌之所以怕牛老爹,是因为这是个臭脾气的人。牛老爹原本是有个快乐的家庭,可命运突然间拐了个180度的大弯:先是人到中年的儿子因突生疾病走了,然后老伴儿受不住,不久也走了,再然后儿媳妇带着孙子改嫁。

经此巨变后牛老爹性情大变,整天阴沉着脸,脾气又冷又硬,头发胡子疯长,浑身上下更是又臭又脏,看上去就像个老疯子,大人小孩谁见了不怕?

却说萌萌正害怕,出人意料地,牛老爹竟开口了,还笑吟吟的:"萌萌回来啦?唉哟,萌萌越长越好看了!"

这一下弄得一家三口大吃一惊,这是怎么啦?太阳打西边出来了?再一打量牛老爹,头发胡子全理过了,身上衣服虽然旧,但干干净净的,嗨,真是怪事一桩!

一家三口嘀咕着回到家,一放下行李就二话不说直奔朋友那,可想死灰灰了,谁知一见面朋友就哭丧着脸说,灰灰跑丢了,怎么找也找不到,要不,赔钱给你们好不好?

哪能要钱呢?回家后韩东两口子难过得不得了,萌萌更是抹起了眼泪,不肯吃饭不肯喝水,连最爱的玩具也丢在一旁。是啊,在萌萌心中,灰灰就是她最好的玩伴,现在灰灰没了,她怎能不伤心?

韩东和妻子好容易劝萌萌走出家门,在小区内一边随便走着,一边逗萌萌开心,忽然听到一阵再熟悉不过的叫声,天啦,是灰灰!

这是底楼的一户人家,有一个小小的带着铁栅栏的院子,然后一眼瞧见了灰灰,没有认错,千真万确是灰灰!

此刻有个老头正把灰灰抱在怀里,一边不停爱抚,一边柔声叫着:"阳阳,我的好阳阳,爷爷可想死你了,这回你再也不能和爷爷分开啦!"

韩东他们全惊呆了,抱着灰灰的不是别人,正是牛老爹!或许是牛老爹在街上拾到了跑丢的灰灰,也可能是灰灰要回家,却因韩东一家旅游进不了门,乱转之下被牛老爹抱养了。

难怪牛老爹像变了一个人,原来他的心肝宝贝"孙子"回来了——牛老爹口中的"阳阳"正是被儿媳妇带走的孙子。

韩东一家三口呆呆地瞧着,过了一会儿萌萌妈想上前领回灰灰,被一只小手拉住了,是萌萌!萌萌噙住满眼泪花,说:"就让灰灰陪爷爷吧,爷爷太孤单了,更需要它!"

韩东两口子大为震撼,萌萌是如此爱灰灰,可为了牛老爹,竟然可以放弃,童心何其美!

一家三口一步三回头地离开了,夕阳照在牛老爹和"阳阳"身上,一副其乐融融的样子,也照在韩东他们身上,一时间身心暖乎乎的。

吃 过 了 吧

陈春的父亲老了,可他偏要一个人住在乡下,说离不开老家的清水黑土,更离不开老家的老邻居们,可陈春哪能放心得下,在再三请求之下,老父亲终于进城来了。应该说自打父亲进城后陈春还是很孝顺的,能推的应酬一律推掉,能抽出来的时间全部抽出来,用来陪父亲下棋散步喝茶聊天,可是最近却有了些烦恼。

无论是在电梯里,还是在小区里散步,只要见到人,尽管素昧平生,老父亲总会笑眯眯地问上一句:"吃过了吗?"而对方听了后毫无例外的一脸茫然,或者面无表情地昂头扬长而去,甚至还有人面露鄙夷之色。

这样的遭遇一多,陈春便有些尴尬了,趁没人时低声说道:"爸,以后不要认识不认识的都打招呼,咱老家兴可个,可城里人不兴的……"

爸呢,一直一脸乐呵呵的,好像根本没觉察到人家的冷遇,说:"儿子,你怎么知道城里人不兴这个?再说了,即使他们不兴这个,我主动打招呼总不是坏事吧?城里人不是天天说要讲礼貌吗？我这就是讲礼貌,不好吗？"

陈春听了苦笑一声,知道父亲老了,多年的生活习惯一下子改不过来了,慢慢来吧。

但是日子一天天过去了,陈春发现自己不仅没能改变父亲分毫,事态的发展反而出乎意料。

这天黄昏时候,陈春照例陪父亲在小区花径上散步。正走着,迎面过来一人,面容严肃,不怒自威,一身名牌西装十分得体,一看就是个混得不错的人,这样的人向来不苟言笑。陈春记得父亲曾经问候过这人,当然了,人家的反应是一脸漠然,好像根本没听到。就在这时父亲就像遇见自己大侄子似的笑吟吟地又开口了:"他大哥,吃过吗？"

令陈春暗吃一惊的是,那"西装大哥"竟然破天荒地挤出一丝生硬的笑容,然后语调不太自然地说:"吃过了,这个,大爷,你也吃过了吗？"

再往后事态的发展越发奇怪:给父亲回以笑容的人越来越多,并且回以问候的人也越来越多,他们脸上的笑容也越来越自然。最令陈春感到惊讶的是那个胖大婶。

说起来那个胖大婶跟陈春有过过节。有一次陈春正散步,一只小狗忽然蹿出来,"哇呜"咬了陈春一口,吓得陈春忙不迭地一跳,腿没咬着,可裤管给撕扯坏了。

这时小狗主人,也即这位胖大婶过来了,陈春当然不会让她赔裤子的,只是说了一句:"把小狗拴好",谁知引得大婶大怒,说:"你这么个大男人怎么跟小狗一般见识呢？你是人,它是畜生知不知道？"可把陈春噎得什么话也说不出,但拿这样的人一点办法都没有。从此后陈春见着胖大婶便"目中无人",而胖大婶同样眼高于顶。

而父亲每次见了这个大婶都打招呼,不出所料,大婶每次总是从鼻子里哼一声,一脸不屑地离开。

可这一天情况有了变化,当父亲再次一脸笑意地问大婶吃过没有时,大婶竟回了一句:"吃过了吃过了,他大哥,你也吃过了吧?"

陈春听了发了半天愣。

这天父亲回老家了,陈春怎么留也留不住,因为种瓜种豆的季节到了,父亲说种瓜得瓜,种豆得豆,如果你不睬土地,那土地也什么都不给你。就这么简单。

父亲回老家后陈春便独自散步,就在这时意外再次出现。先是一位大爷见着陈春问道:"他大哥,你爸呢?"

陈春忙立住脚,一五一十地告诉人家父亲暂时回了老家,那大爷听了点点头,又笑着一竖大拇指,说:"你爸是个好人,你也不错,对你爸特好,我们都看在眼里呢。"

陈春听了一时间心潮起伏,正接着散步时迎面撞上那位西装大哥,还离着老远,西装大哥忽然一脸友善的笑,说:"你好,你爸呢?"

陈春忙回道:"你好你好,我爸回乡下了。"

话一出口,陈春心里舒坦极了,原来问候陌生人并不是件令人尴尬的事。而当有一天遇见牵着小狗的胖大婶时,陈春发觉自己说话顺溜极了,简直是脱口而出:"你好,遛狗呢?"

胖大婶一脸灿烂的笑,说:"嗯啦,你好,对了,你爸呢?好长时间不见他了,到哪了?怪想他的。"

再然后,陈春发觉小区里大伙不再像以前一样脸上板板的了,而是挂着友善的笑,试探着互相问候起来。

种瓜便得瓜,种豆便得豆,父亲说的一点都不错。

心　结

在韩芳六岁的时候,一件天大的事情发生了。

那天爸领着小小的韩芳在河边的地里拔山芋,天气还算不错,离他们不远的山上却乌云密布,有人说山上正下大雨。想想真是好玩,山上瓢泼大雨,山下却一星雨丝也没有。

这当儿分外安静,爸爸拔山芋,韩芳追着草丛中的小虫子玩,而长长的河边有稀稀落落的人在钓鱼,韩芳知道他们是城里人,每逢假期便来钓鱼。其中一个十多岁的小男孩站在一块伸向河心的土墩上,也学着大人一本正经地钓着鱼……

意外说发生就发生了:河的上游突然响起巨大的轰鸣声,像有无数头老牛在愤怒地咆哮,随即一股巨大的黄色洪流直冲过来。爸厉声大叫:"山洪暴发了,快跑!"

原来是雨势太大引发了山洪!爸一把抱起韩芳就往高处跑,更多的人扔了鱼竿没命地跑,一时间韩芳的心脏怦怦直跳,就在这时下面有人尖叫起来。

是那个小男孩,他只一愣神便迟了,山洪直冲过来,幸好脚下的土墩较高,浊流只是从土墩两边呼啸翻滚而过,但小男孩想回到岸上已是万万不能。

一个女人更大声地尖叫起来,想必是小男孩的妈妈,她失了魂似的叫着,又不顾一切地要奔往河心救她儿子,但早被人死死地拉住,因为洪流越发大了。

眨眼间奔腾而过的洪水已淹过了小男孩的脚,他大哭着叫"妈妈",岸上的妈妈同样号啕大哭,但短短的距离已成生死天堑。

就在万分危急之际有人闪电般冲了下去,刹那间蹚进了河水,众人失声惊呼,因为那人被湍急的洪流冲得摇摇晃晃,但坚持住了,然后手足并用爬上了土墩,再一把抱起小男孩往回就走。

韩芳一下子捂住了嘴,心脏都冻僵了,冲下去的人是她爸!

只见爸高举着小男孩艰难地回走着,可是轰鸣声中河水再次暴涨,眨眼间涨到了爸的胸口处,爸瞪圆双眼拼命地移动着,又有几个胆大的男人冲到河边,个个使劲全力伸出手,就差一小步……

就在这时一股特大的浊流以雷霆万钧之势倾泻而至,爸猛地一扔,小男孩飞了起来,一下子被几只手死死抓住了,几乎就在同时洪流"呼"的一下,爸爸隐现几下,不见了。

当大伙在远远的下游找到韩芳爸时,他已不动了,永远不动了。

这事一晃过去了好多年,韩芳也有了自己的家庭,可她一直有个心结,就是恨那个小男孩。要不是他,爸爸就不会死,自己在人生道路上也就不会受这么多的苦。爸,你傻啊,为了一个不相干的人,白白丢了自己的性命!

突然间女儿生病了,竟是严重的心脏病!医生说必须到北京、上海等大城市才能治好,不过要好多好多钱。

韩芳一听就崩溃了,就是卖房子也凑不起这么多钱啊。

就在天塌地陷之际,喜从天降:从北京来了一支医疗队,他们就是治心脏病的,大夫们都是相当有名望的专家,更重要的是,他们不要钱,一分钱都不要。这支队伍专到贫穷的地方,已免费治

愈了好多掏不起钱的病人。

韩芳不相信世上有这样的好事，可当女儿稳妥妥地做完手术后，她信了，万分激动之下差点跪在主刀大夫的面前，忍不住失声痛哭，说："谢谢你们，谢谢你们，你们就是菩萨啊！"

主刀大夫拉下口罩，看上去并不比韩芳大多少，他疲劳而亲切地笑着，说："谢什么嘛，说起来我也是本地人呢。"

大夫眼睛看着远方的山峦，深情地说："好多年前那儿山洪突然暴发，要不是一位叔叔救我，我早就没命了，可他……所以我乐意尽我所能，回报社会一点点。"

韩芳吃惊地看着他，"哗"的一声，冰封多年的心结一下子解开了。

有洁癖的乡村少年

这堂是自习课，刘思清老师没有进教室，而是在办公室内批改作业，就在这时班长大步地跑进来，气急败坏地嚷道："老师，王小飞又和同学打架了！"

刘思清一惊，一边放下手中的笔站起身往外走，一边问道："知道什么原因吗？"

班长说："王小飞的同座钢笔不下水，他甩啊甩的，不小心把一滴墨汁甩到了王小飞的衣服上，结果王小飞就和人家打起来，我们怎么拉都拉不开。"

当刘思清匆匆忙忙地赶到教室一看，果如班长所言，王小飞正涨红着脸和同座揪成一团,一见老师来他才极不情愿地丢开手。教育了几句后,望着王小飞孤傲的眼神,刘思清不禁陷入沉思之中。

　　刘思清被分配到这所乡村中学几个月了,工作时间虽说不长,但乡村孩子的好学、勤奋和朴素给他的感受分外深刻,但也有例外,这个王小飞就是最令他意外的一个。

　　王小飞的意外表现在特爱干净。他平时总是穿戴得整整齐齐,衣服和书包分外干净,看得出他有一个爱干净的妈妈。但时间一长刘思清发现不对劲了,这王小飞干净得也太过分了,即使上体育课打会儿篮球他都把手洗了又洗,而足球他是从来不肯踢的,理由是鞋子会脏,至于像其他学生一样在地上摸爬滚打之类的,根本没他的事,理由还是会脏了衣服。有一回有个同学无意中一脚踢出,把一个脏乎乎的足球踢到他身上,这本是常事,谁知他和人家打起架来。这一切反常表现让刘思清很惊讶,他不知道洁癖这样一个毛病怎么会出现在一个乡村孩子身上,照理说来,乡村男孩子应该更亲近自然、亲近大地才对。

　　王小飞如此爱干净的直接后果是他越来越不合群,成绩也越来越差,可刘思清知道,王小飞以前的成绩十分优秀,也是个相当聪明的孩子。都是洁癖害了他!

　　刘思清想来想去,决定明天,也就是星期六到他家家访,他要跟王小飞的爸妈好好谈谈。

　　然而出乎意料的是,当刘思清来到王小飞家时,却发现王小飞的爸妈全不在家,他们都在遥远的外地打工,即使过年也不见得能回来一趟,和王小飞相依为命的是他多病的爷爷。

　　刘思清在小河边找到了王小飞,王小飞正在洗衣服。此时已是隆冬,河面结了一层厚厚的冰,王小飞是敲开了一个冰窟窿才得以洗衣服的,他的手因为极度寒冷冻得通红,以至于不得不过一会儿就拢到嘴边哈哈热气。

刘思清没有惊动王小飞,只是默默地看了一会儿,身体有点微颤,然后大步地走过去,声音异样地说:"小飞,老师帮你洗……"

回过头,按照学生档案上的记录,刘思清拨通了王小飞爸妈的电话,他的语气从未有过的斩钉截铁。

这堂是体育课,也是孩子们最爱上的课,身兼体育老师的刘思清和同学们在操作上踢足球踢得欢声雷动,就在这时一位同学"咣"地踢出一脚,然后大伙全愣住了,那足球巧不巧地正踢在一位同学的身上,他正是王小飞,王小飞干干净净的衣服顿时脏了一大块。

谁知王小飞一边敏捷地停好球,一边满不在乎地大叫道:"我才不怕脏呢,反正我妈会给我洗的。"

同学们全笑了,刘思清更是发自内心地笑起来,在他的坚决要求下,王小飞的妈妈回来了。先前刘思清在电话中郑重其事地说道:"你们必须回来,至少回来一个,否则虽然你们挣了钱,但不利于王小飞的成长!钱重要,但孩子更重要!"

因为独自跟衰老多病的爷爷生活,所以王小飞除了繁重的学习,还承担了家庭的全部重担,包括做饭、洗衣服,太忙太累了,他不想经常洗衣服,他想时时刻刻保持衣服干净,更因为那天天挥之不去的孤独,慢慢地,便有了"洁癖"。这是生理上的,更是心理上的。

现在好了,他的妈妈回来了,王小飞重又开朗起来,成绩也直线上升。

望着生龙活虎的王小飞,刘思清忽然收敛起笑容,暗暗地叹了一口气——要是王小飞的爸爸回来就更好了,那样更有利于他的身心发展。还有,班上已有男同学开始偷偷上网、抽烟,有的女同学的胆特小……要是他们的爸妈全在身边,该多好!

最 美 儿 女

这天一大早五点多钟,江城又呵欠连天地来到医院排起了队,算起来已排队五天了,每次排队都累得不行,今天江城学精了,随身带来一个小马扎,一边坐着打盹,一边等待叫号。

可前面的队伍一眼望不到头,半天也不见动弹一下,江城正等得心焦,忽然有人拍拍他的肩膀,抬头一看,是位戴着眼镜的一脸和善的年轻人,江城站起身问道:"你有事吗?"

年轻人说:"先生,我一连五天都看到你排队,可看你不像有病的样子,你能告诉我为什么吗?"

江城一听吓了一跳,听说一些大医院专门有黄牛排队挂号,这些黄牛挂到专家号后便转手高价卖出,对方莫非怀疑我也是黄牛?这么一想他忙说:"警察同志,我可不是黄牛,我是为我爸挂号的,可前几天一直没挂上专家号……"

年轻人笑着摇摇手,说:"我不是警察,我是电视台记者,先生,五天来你天天起这么早吗?"

原来是记者,江城放下心来,说:"是啊,天天早上四点多就起身了,可就是这样还是挂不上专家号,唉,我累点倒是小事,就是我爸身体拖不起啊,我爸住在乡下老家,来一趟不容易……"

记者目光炯炯地听着,忽然一招手,只见一个拎着摄像机的人走了过来,不用说是摄像师了,两人小声嘀咕了几句后便四下拍了起来,尤其对江城更是拍了又拍。江城也不知他们捣什么鬼,只顾排自己的队。

老天保佑,今天终于挂到专家号了,江城高兴坏了,立即打电话回去,让妻子火速送爸过来,医生检查结果很快出来了,幸亏来得及时,爸的病可以根治。在办好住院手术扶爸躺下后,江城已是筋疲力尽,坐下直喘粗气。在这期间记者一直没闲着,楼上楼下前后左右跟着江城一家跑,摄像机拍个不停。

最后记者满脸放光地说:"先生,是这样的,我们电视台最近正在制作一档节目,叫'寻找最美儿女'和'寻找最美父母',我想说不定在医院能找到这样的素材,所以就天天来,幸运的是,恰巧遇上了你。你为你爸一连起了五个大早,这样的事迹虽比不上换肾换肝之类的有震撼力,说实话很平凡,但唯其平凡才具有可操作性,也才更贴近百姓生活,所以,我想把你作为'最美儿女'候选人报上去,至于最终能不能当选那得另说,希望你能配合。"

一番话只听得江城傻傻的,猛地一下回过神来,说:"行啊记者先生,我一定全力配合。"

很快这档节目就播出了,江城在小范围内一下子红了起来,至少单位上下全知道了这事,也算是给单位争了光,领导自然是十分高兴,加之江城平时表现不错,便在大会小会予以表扬之后,又给他提升了一级。

江城的心情就不用说了,爸的手术也很快做了,做得很成功,他见江城他们太忙,所以一出院便直接回了乡下老家静养。一晃过去了两三个星期,这天那位记者来了,说:"江先生,你该回老家看望你爸一趟,正好让我们补拍些镜头。"

江城妻子一听面露难色,江城知道其中原因:去年春节回老家时,因为大雪覆盖了小路,结果妻子一个倒栽葱跌进路旁的小沟,新做的头发、新买的衣服全脏得一塌糊涂,还差点冻感冒了,弄得妻子一个春节都没有好心情,而今天恰恰又是漫天大雪。

可江城知道今天是非去不可的,因为记者要跟拍,就因为大雪天回家看父母,意义才更重大,妻子听了江城的解释后也只好服从了。

在跟爸通了电话后,江城和妻子买了好多营养品,大包小包地踏上了归程,记者自然是一路同行。小半天工夫过后三人下了车,不过家还没到,还得走过一段长长的小路,去年就是在这条路上妻子跌下去的,而这时脚下的积雪只怕更厚,更看不到路在哪了……

走在后面的妻子正提心吊胆的,忽听得前面的江城一声惊叫,她吓了一跳,探头一看,立时惊呆了,走在最后面正拍个不停的记者一看也惊呆了。

只见那条小路上的积雪给清扫得干干净净,一直看到下面的道路,弯弯曲曲向前延伸,一直通到远处一幢房子前,那正是江城的家。

在家门口江城见到了翘首以盼的妈妈,却没见到爸,便问道:"妈,爸呢?他身体好些了吗?"

妈一听气得直拍手,说:"还提你爸呢,这个老倔驴,他听说你们要回来,可高兴坏了,非要拿锹铲雪,我怎么拦也拦不住,我胳膊疼,右腿关节炎也发了,帮不上他忙,只好让他一个人铲,这下好,等他把雪铲完自己也撑不住了,现在躺在床上直哼哼呢……"

江城大大吃了一惊:这么长的路竟是爸铲的?要知道爸动过手术才二十天啊!

在房里,江城见到了爸,爸的状态很不好,可还是咧嘴笑道:"去年让你们摔了一跤,今年无论如何也不能了……"

记者一刻不停地拍着,江城忽然伸手挡着镜头,哽咽着说:"记者先生,我算是什么最美儿女啊,我不配!我妈腿疼胳膊疼,我爸撑着病体铲雪,我又做了什么?你们不是寻找最美父母吗?他们就是……对天底下所有儿女来说,父母都是最美的!"

寒 夜 星 光

韩晓龙日日夜夜盼望着能回家过年,说起来已有好几年没回家跟妈妈团聚了,因为这几年都是在狱中度过的,今年刚刑满释放。可是他不敢回家,因为妈妈托人捎话来:"要想我原谅你,除非年三十晚上,满天星光。"

要知道寒夜的天幕上,向来只有几颗闪着冷光的星星,哪有满天星光,妈妈这是在明确表明态度:拒绝儿子回家。

而妈妈之所以如此绝情,是因为韩晓龙伤透了她的心。几年前韩晓龙承建的一座大桥像豆腐块一样轰然倒塌,两个正行走在桥面上的人当场毙命,韩晓龙也因此坐了大牢。

韩晓龙不怨妈妈心狠,爸爸早逝家境极度贫寒,要是没有乡亲们的帮助，他们娘儿俩的日子不可想象，所以妈妈经常教育儿子要心存感恩回报社会，千万不能忘本。

可是，自己让妈妈失望了。

有家不能回，韩晓龙只好在县城里租一小间房子住了下来，可是靠什么生活呢？幸亏妈妈曾经教过他扎孔明灯的手艺，于是韩晓龙重操旧业，晚上扎灯，白天在热闹的地方卖灯。当他扎好第一个灯时，忍不住想起小时候跟妈妈一起扎灯的情景，那时候虽然贫穷，但母子情浓虽苦也甜，这么一想热泪一下子夺眶而出。

年根的生意还算不错，韩晓龙忙得不可开交，有位大商户甚至一下子订了100只孔明灯。这要在以往风光的时候，韩晓龙根本瞧不上这样的小钱，现在可是笔大生意，更重要的是，这钱干净，韩晓龙快乐极了，没日没夜地赶做，终于按时完工交货。

除夕这天，过年的气氛越发浓厚，空气内处处弥漫着好闻的味道，韩晓龙的心里却越发凄凉，想了半天无事可干。出租屋里恰好还有几只孔明灯，他索性顶着寒风拎了灯上街，准备卖了后再买瓶酒，一醉方休。

刚站了一会儿，身后就有人大声叫道："给我一只灯！"

生意开张了，韩晓龙心里一喜，抬头一看，却掉头就走，甚至还小跑起来，因为那人他认识，是家乡人，说起来还是他大伯，他没脸见到他们。

大伯气冲冲地提高嗓门吼道："韩晓龙，你个孬种，你难道一辈子不见人？"

韩晓龙只得立住脚步，大伯走过来说："我恨不得抽你两下，你小子混啊！走，跟我回去，明天就过年了，家家户户团圆，你就不想跟你妈团圆？"

韩晓龙低头小声说："大伯,我怎么不想啊,可你也不是不晓得我妈撂过的话,她说除非年三十晚上满天星光才肯原谅我,你说我怎么回去?"

大伯叹口气,说:"你妈年轻守寡,喝过的苦水能用船装,可一辈子不求人,硬气要强,大伙谁不佩服她,可现在全给你毁了,让她临老了抬不起头来,她能不气你吗?可你不回去不行啊,你妈病了。"

韩晓龙一惊:"我妈怎么会生病?什么病?"

大伯双眼朝天,气哼哼地说:"还用问,想你呗,可嘴上又不承认,一直闷在心里,这就有病了,所以你一定得回去。至于怕你妈不肯原谅你嘛,这个你放心,有我和乡亲们呢,今天晚上我们在村口接你,你妈一定会给我们这个老面子的。"

一下午的忐忑不安过后除夕之夜来到了,到处是欢声笑语,到处是红彤彤的对联和醉人的鞭炮声,韩晓龙孤零零地一个人来到了村口,却没勇气再往前进一步了。

就在这时他发现一个奇怪的现象:整个村子静极了,没有鞭炮声,没有欢笑声,甚至黑漆漆的连灯光都没有,这是怎么回事?大伯呢?乡亲们呢?说好了在村口等的啊。

肯定是大伯和乡亲们没有说服妈妈,要不回去吧?韩晓龙心里酸极了,忍不住嘶哑着嗓子大叫起来:"妈、乡亲们,我给你们拜年了——我真悔啊……"

话音刚落,眼前突然出现一幅童话内才有的景象:无边漆黑的夜里一下子繁星点点如鲜花绽放,更像夏夜内无数的萤火虫,并且这些明亮的萤火虫正冉冉上升,一时间天上地下交相辉映、灿烂辉煌——是无数的孔明灯点燃后升上了天空!

然后韩晓龙看到了大伯,看到了那个一下子订了100只孔明灯的"大商户",看到了乡亲们。

大伯声如洪钟大叫起来:"晓龙、晓龙妈,看,年三十晚上满天星光,我们做到了!晓龙妈,你就让孩子回来吧!"

大伙一起说:"让晓龙回来吧!"

人群正中站着的正是颤巍巍、早生白发的妈妈,妈妈神情悲楚,老泪纵横,说:"儿子,回来吧,你回来吧,你永远不要忘了乡亲们的一片心!"

星光这么美、这么亮,从未见过、无与伦比,把回家的路照了个一清二楚,韩晓龙心中震撼得山呼海啸,忍不住跪了下来,含泪叫道:"妈,乡亲们,我回来了、回来了——我今生今世再也不会迷路了!"

最美的误会

晚上,教室里灯火通明,同学们认真地自习。不知不觉中夜渐渐地深了,大伙陆续离开,直至剩下最后两个人。

坐在后面的是杨建,他的作业早已完成,之所以不走,是因为她,她的一笑一嗔一直在他的梦中萦绕,而她一直埋头学习,对他的存在浑然不觉。这种感觉真好……

就在这时眼前忽然一黑,停电了。

她短促又慌乱地"啊"了一声,随即手忙脚乱地收拾好书本,拎了书包往外走,杨建也跟着慢慢地走。

正是寒夜,天上无星无月,楼道口一片漆黑,她迟疑地停下了脚步,然后转过头惊喜地叫道:"周婷,我正有点害怕呢,咱们一起走好不好?"

周婷是她最好的女伴,早就回家了。杨建一愣,刚要开口说我不是周婷,就在这时她一把拉住了他的手。

尽管两人都戴着厚厚的手套,但杨建有一种从未体验过的奇妙滋味,这种滋味山呼海啸天地倒转,杨建晕了,木头人一样机械地被她牵着走。

一步一步,杨建真希望就这么一直走下去,真希望那楼道永远没有到头的时候……

谁知就在这时眼前闪过一道炫目的光,电来了!

她"啊"的一声轻叫起来,松开手,满脸通红地跑了。

一晃两人都毕业了、工作了,这期间杨建一直想着她,无数次地想表白,可又告诫自己那晚只是一场美丽的误会而已,自己配不上她。于是杨建拼命地工作,用忙碌冲淡思念,终于有点成就了,可以配得上她了,正要大胆地坦露心迹,就在这时她结婚了。

许多年后,当年的同学欢聚一堂,斗转星移,沧海桑田,大家一丝伤感、几许感叹。

有人提议道:"每个人一定都有最高兴的事和最遗憾的事,现在让我们勇敢地说出来,好不好?"

大伙都响应,一个一个抢着说,有泪水有欢笑,有叹息有掌声,气氛一下子达到了高潮,然后轮到了杨建。

杨建苦涩地一笑,说:"我最高兴的事是,多年前有个我心仪的女孩和我发生了一场美丽的误会。最遗憾的事是,当我鼓足勇气准备让误会变成现实时,却已经迟了……"

没有人鼓掌,没有人哄笑,大伙眼神充满忧伤,谁又没有过青涩又懵懂的年华啊?

这时她说了。

她美丽更胜往昔,说:"我最高兴的事是,那年月的一个晚上,空荡荡的教室内只有我和他俩,我真希望就这么一直待下去。可是停电了,我不得不走,然后我心头鹿撞似的牵住了他的手。"

大家静静地听着,杨建也在听,她眼神凄迷,又说:"我最遗憾的事是,他一直以为那是个误会……"

收废旧的老父亲

韩爱东拥有一家颇有规模的工厂,经济效益十分可观,别墅轿车自然是不用说的,更难得的是,他为富而仁,十分热衷于做慈善事业,每年都拿出大把的钱赞助贫困人士。拥有这样品性的人不用说在哪都受到欢迎,一时间大伙都以结识韩爱东为荣,但是时间一长,朋友们开始非议起韩爱东来,原因是:他这样的人竟是个不孝之子!

照理说他父亲早就颐养天年,安度晚年了,可是,大伙意外地发现60多岁的韩老爹独自一人住在老宅子里,更令人大吃一惊的是,老人竟在收废旧,整天顶着个毒日头,骑着辆破旧的三轮车走街串巷的,这样的事于情于理于法都不通!

大伙议论说:"要不他老父亲不是生父,而是养父什么的?"

随即有人反驳道:"不,是嫡亲的生父,再说了,即使是养父,也不能不赡养啊,他韩爱东手指缝内漏一点就足够老人吃喝了。八竿子打不着的人他还资助呢,何况是亲人?"

大伙一时议论纷纷,然而这还不是最严重的。据韩老爹的老邻居讲,韩爱东时常来蹭吃蹭喝的,每次总是空着双手来,老父亲到熟食摊上买点猪头肉、猪耳朵什么的,然后爷儿俩一起坐下喝酒,酒啊菜的自然全是老父亲掏钱。耳尖的邻居还时常听到老父亲大声呵斥韩爱东,说他开销太大浪费太严重,忘了本什么的。

这时又有老邻居一脸气愤地开腔了:"蹭吃蹭喝还不算,那姓韩的还时常跟他爸要钱呢,说手头紧,一时周转不开,以后一定还上……啊呸,我就从没见过他还过钱,可怜他爸那么大岁数了还养着他!他姓韩的是隔着门缝吹喇叭,名声在外,内囊子怕早就空了。"

朋友们听了更加吃惊,万万想不到韩爱东竟是这样的人,不行,得找他谈谈,如果他还是不改的话,朋友之情到此为止,我们绝不认一个不孝之子做朋友!

大伙当即气鼓鼓地来找韩爱东,聊了两句正要进入正题,韩爱东手机响了。待挂了电话后只见他一脸抱歉地说:"各位,我爸找我有事,看样子我们只能下次再会了。"

望着韩爱东开着他那辆名牌小车急匆匆地绝尘而去,大伙说:"保不定韩爱东又跟他爸借钱了,不行,我们得跟上,正好借这个机会好好教训他一顿。"

于是大伙跳上车紧紧跟着,只见韩爱东小车七拐八绕的,不多一会儿在一户人家前停了下来,然后大伙一眼看到了韩老爹,只见韩老爹正满身大汗地忙着,三轮车上满满当当的全是啤酒瓶、纸板箱等杂物,还有好多杂物散落了一地,三轮车实在装不下了,看样子韩老爹在这户人家收了不少杂物。

一见韩爱东来,韩老爹立即瞪起眼睛生气地嚷道:"你怎么这么久才来?又陪客户喝酒了是不是?跟你说过多少次了,酒不是好东西,要少喝……"

老爹絮絮叨叨地说着,韩爱东只是笑,帮他爸抱起散落在地的杂物,然后大伙的眼睛一下子瞪大了:他竟把那些乱七八糟的杂物放进了他那辆名牌小车的后备厢内!

大伙不能再忍了,纷纷现身拦住韩爱东,小声说:"爱东,不,韩大老板,你这又是唱的哪一出?"

大伙压低声不让韩老爹听到,把一肚子的疑惑,包括怨言全倒了出来。韩爱东听完脸上表情复杂极了,瞅瞅依旧忙个不停的老爸,把大伙拉到一边,低声说:"哥们,你们冤死我了,实际上我早就劝我爸收手不干了,可他不肯啊,无论怎么劝都不肯,直到现在才渐渐理解,我爸就愿意这样,他是个要强的人,他不要吃闲饭,更愿意在他儿子面前保持一直以来的权威。"

"我妈走得早,我上高中、大学,直至毕业后创业、结婚,这一切开销全是我爸收废旧供养的,直至现在我这不服输的老爸还愿意我一切依靠他,所以我故意来蹭吃蹭喝,因为在最贫困的时候,我们爷儿俩最快乐的事就是卖完废品后,拿着挣到的一点钱买点熟食喝点小酒,那是寒夜里唯一的一丝温暖。我爸也乐意我跟他要点钱,然后正好借机训我两句,这样一来我在他眼里还是那个永远长不大的孩子了。就说我开小车来帮他收废品吧,实际上这点废旧连汽油费都不够,可他乐意,所以我也乐意。"

韩爱东最后说:"我不知道真正的孝顺应该是个什么样子,我只知道一点,孝,首先是顺,只要我爸高兴,我就顺着他来。"

这时那边韩老爹再次大声呵斥起来:"我说爱东,你磨蹭什么呢?晚上还想不想喝酒了?快跟老子去把这些宝贝卖了!"

望着爷儿俩快快乐乐地走远,直至看不见,大伙一时百感交集,久久地站着,默默回味着……

回 家 的 路

星期六一大早,马晓春一家三口和妹妹马晓芳一家三口,开着车,说说笑笑、高高兴兴地直奔老家而去。都怪工作太忙,一晃都几个月没回老家了,都想爸妈想得不行,所以尽管下着不小的雨,但两家人一刻也不能等了,归心似箭,一定要回趟家。

雨一直下着,但这丝毫阻挡不了回家的脚步,两个小时后家近了,就在山路那边了,也就是一脚油门的工夫。每个人,尤其是孩子们正兴奋地憧憬着爷爷奶奶都烧好了的那些好菜,忽然被两位警察拦住了去路,警察告知马晓春:因为雨水冲刷,导致山石滑落,道路受阻,估计今天通不了了,请回程。

马晓春他们一听犹如当头浇了一盆冷水,爸妈近在咫尺,却如隔了千万里,这个倒霉劲!

马晓芳急得都要哭了,嘟囔道:"这可怎么办?这可怎么办?急死个人了,哥,还有没有别的路回家?"

马晓春也急得不行,听了晓芳的话,想了想,摇摇头,一脸沮丧地说:"没有,咱家是山村,回家的路就这一条,除非飞过去……"

晓芳突然眼睛一亮,大叫起来:"哥,我想起来了,到咱家还有条小路,车子开不过去,我们可以步行啊!"

马晓春顿时恍然大悟,满脸惊喜,但随即黯淡下来,说:"不行,那条小路太窄太陡了,何况刚下过雨,又湿又滑相当危险,万一不小心……尤其是孩子们,我们哪能冒这个险?"

晓芳苦着脸说:"要不孩子们就不去好了,我们爬过去!"

马晓春一脸难色:"可是那条路尽是泥泞,而我们个个西装革履的,这要是爬过去,肯定像个泥猴子一样,晓芳,这回就算了吧,等大晴天再回来好了。"

晓芳这下没有办法了,只得掏出手机打给爸妈,想把情况解释一下,可是怎么也打不通,一行人只得上了车。

在无精打采地回到城里后,两家人没有散,而是聚在晓芳家准备一块吃饭。他们在厨房里地忙着,吃过后,大家原先失落的情绪有点缓解了,正聊着天,手机响了,竟是老家邻居大哥发来的微信视频。

晓春忙点开看,大家不知发生什么事,都聚拢来,只见手机上自家老宅子面前那块偌大的菜园里,妈妈正佝偻着腰摘菜,另一只手还使劲地撑着雨伞,雨水冲刷在伞上,水花四溅。难怪电话没人接,原来妈妈一直在摘菜!

邻家大哥的声音响起来:"晓春、晓芳,这是我无意中拍下来的,我问你们老母亲冒着大雨摘菜干什么,你猜老人说什么?她说你们两家人马上要回来,所以摘点新鲜的菜,一是中午吃,二是让你们带回去。"

晓春、晓芳一下子愣住了,都看着视频不吱声,只听到粗重的呼吸声此起彼伏。

这时邻居大哥又发来了微信语音:"晓春、晓芳,你们是不是奇怪你们老爸到哪儿去了?请往下看!"

话音一落,邻家大哥又发来一段视频:只见哗哗作响的大雨中,一个老头身穿雨披,手脚并用地爬行在一段泥泞小路上,雨后的小路太难走了,老头一步一滑的,有好几次差点滑倒——这是爸啊!爸这是干什么?

晓芳突然一声惊呼:原来爸脚下一滑,一屁股坐在了地上,顿时浑身稀脏,可他吃劲地爬起身,继续往前走,一任雨水把花白的头发打湿。

邻家大哥冷峻的声音响起来:"晓春、晓芳,我要到镇上办件急事,所以不得不爬过那条唯一的小道,恰好遇见你爸也在过这条小道,便拍了下来。下雨天你爸难道有急事?在我一再追问之下,你爸说,你们要回来,他得到镇上买点好菜……"

邻家大哥不往下说了,晓芳早已抽泣起来,晓春红着眼圈霍地站起身,说:"听着,明天就是天上下刀子也要回去,再忙也要陪爸妈一天!"

一向文静的晓芳猛地跳起身,因为用力太猛,把桌上的盘啊碟子的都打翻了,她不管不顾,哽咽着大叫道:"不,现在就回去,现在还来得及,妈能冒雨摘菜,我们也能冒雨赶路,爸能走那条小道,我们也能走过去——我们就是爬也要爬回去!"

变心的妻子

尚东马上要做心脏手术了,一时间紧张得喘不过气来,妻子柳梅却一副若有所思的样子。

尚东问:"柳梅,你想什么呢?"

出乎意料的是,柳梅分外辛辣地呛了他一句:"我能想什么?舍不得钱呗。"

尚东一愣,心头随即浮起一阵内疚,是啊,自己这一开刀将花掉相当多的钱,更令人害怕的是,在手术台上或许就下不来了,听说好多做类似手术的人都这样。

有些事情必须抓紧交代一下,尚东说:"柳梅,这个,跟你说件事,万一我出事……母亲就交给你了。"

柳梅听了不咸不淡地说:"凭什么全指望我一个人?你可是有妹妹的。"

尚东听了既吃惊又尴尬,柳梅说话怎么这么冲?

尚东躺着,柳梅坐着,两人一时无话。然后尚东怯怯地又开口了:"柳梅,我想喝墨鱼汤,你知道的,我最爱喝这个了……"

柳梅生硬地打断他:"你为什么现在想喝?"

尚东掉过脸,难过地说:"我怕以后喝不到了……"

柳梅从鼻子里哼一声,不耐烦地说:"现在我没劲,天天侍候你,累死了,让我歇一会儿行不行?"

尚东听了简直是一盆冷水从头浇到脚,眼看着开刀时间要到了,尚东想起最后一件事,说:"行,我和我母亲不要你问,可儿子是你养的,你总不能不问吧?以后儿子你一定要多费心,要教他学好。"

柳梅几乎在尖叫:"学好?我可没这本事,告诉你,你儿子现在都偷偷地抽烟了,等他长大了我更管不了,哼,日后谁又管得了谁?"

尚东差点蹦起来,柳梅对母亲、对他,包括对儿子,全是这副漠不关心的态度,肯定是她见自己生病花钱,而且开刀后身体弱挣不了大钱,变心了。

不甘心,不甘心啊!

不知过了多久,做完手术的尚东醒了过来,一睁眼就看到柳梅通红的眼圈。见他睁开眼,柳梅的眼泪顿时喷涌而出,哽咽着说:"尚东,你可醒过来了!告诉你一个天大的喜事,手术十分顺利,你成功闯过了鬼门关!"

尚东惊讶极了,这个女人前后变化太大了。

柳梅又说:"医生说你后天就可以喝汤了,到时候我天天烧墨鱼汤给你喝。"

尚东忽然想起什么,问道:"儿子呢?这小子,我要狠狠骂他一顿,他竟敢抽烟……"

柳梅扑哧一声笑起来,一边笑一边擦去一把眼泪,说:"哪有啊,是我骗你的,你养的儿子你还不晓得,他可学好了,哪里抽过烟。还有,你母亲就是我母亲,我当然会对她好的,这还要你担心吗?"

尚东一头雾水,愣愣地问道:"骗我?为什么?"

这时医生走了过来,接过话头说:"因为刚才在手术台上你十分危险。做这样的手术,医生只有一半的把握,剩下的一半全在于病人的信念,他必须有十分强烈的求生欲望。所以我让你妻子想办法激励你,想不到她来了个兵行险招!"

尚东这才恍然大悟,掉头感激地看柳梅,却发现柳梅先前坚强得像块花岗岩的样子早就荡然无存,此刻只会虚弱地笑,脸上却有泪。

老 将 出 马

韩城今年28岁了,相貌出众,可一直没有对象,他不急,他妈可真急了,天天逼着他相亲,可他总是一副心不在焉的样子。这天在老妈的一再威逼之下,韩城终于说出实话:他早就有了心仪的女孩。

韩城说:每天黄昏时候,他到公园散步时,经常看到一个身材修长、容貌端庄的女孩,两人甚至有过好多次擦肩而过的机会。

老妈一听大喜:"这么说你们两人早就对上眼了?"

谁知韩城一脸沮丧地摇摇头,说:"没有,我实在没有勇气同她说话,我都不知道怎么开口,万一人家误会我是个坏人呢?再说我也不知道她人品怎么样,更重要的是,说不定人家有对象了,甚至都结过婚了也未可知。"

老妈一听眼一瞪,骂道:"瞧你这婆婆妈妈样,还有点男子汉气概吗?好吧,我帮你总结一下,对那女孩你一共有三个问题,首先是不知道怎么稳妥地搭讪,其次,不知道她心地善良不善良,最后,不知道她个人婚恋情况,是不是?这么说非得老娘亲自出马了,哼,小菜一碟!"

第二天黄昏时候,老妈让韩城带她来到公园,远远地指给她看那女孩长得什么模样,免得认错人,待左看右瞄一番后不由得大喜,说:"儿子,你眼光一级棒,女孩生得可真叫俊,为娘喜欢——你稍等片刻,为娘去去就来!"

韩城只好在一边等,也不知一向神出鬼没的老妈会弄出什么花样,心里正七上八下,手机忽然响了,是陌生电话,一接,是个甜甜的女孩声音:"请问是韩城先生吗?你快到公园大榕树下来一趟,你妈迷路了。"

韩城听了偷偷地探出头一瞧,远远地瞧见大榕树下老妈正和那女神在一块,老妈你好高明的手段,轻而易举就弄到了女孩的手机号码。

韩城连忙飞跑过去,心怦怦直跳,等跑过去一看,差点失声大笑:只见妈装出一副老年痴呆样,逼真极了!

韩城连声致谢女孩,女孩一笑,柔声说:"韩先生,以后可不能再让阿姨一个人出来了,幸亏她记得你的手机号码。"

韩城连忙说是,便搀了老妈往回走,老妈继续佯装痴呆的样子,小心地挪着步子,走了几步估计女孩听不到了,韩城小声说道:"妈,你真厉害,一下子就帮我找到搭讪她的理由了,她肯帮助你,说明心地相当善良,三个问题一出手就解决了两个,可是,她个人婚恋情况还不知道呢。"

妈听了忽然掉过头,朝那女孩大声喊道:"姑娘,你人真好,我祝你和你老公多子多福,恩爱白头!"

女孩听了满脸飞红,扑哧一声笑道:"阿姨,我还没有对象呢。"

老妈回过头,低声说:"第三个问题解答完毕,儿子,妈只能帮你到这里,下面该看你的了。"

韩城忙把妈扶到一旁坐下,然后大步回头,女孩不会走了吧?走了也不怕,有她的手机号码呢……噢,太好了,还没走,还坐在大榕树下。

韩城走过去,壮着胆说:"你好,谢谢你帮了我妈,这个……我可以请你喝杯茶吗?"

女孩低头不吱声,韩城正难堪,女孩一甩长发,抬起头认真说道:"你这是在搭讪我吗?可是,我可不乐意有一个老年痴呆的婆婆。"

韩城大窘,脱口叫道:"不是,不是这样的……"

女孩瞧着韩城手足无措的样子,忽然掩口笑起来,越笑越开心,直笑得腰都直不起来了,好容易止住笑,说:"我当然知道你妈是装的,我是逗你玩呢。"

韩城惊讶极了,问道:"你咋知道我妈是装的?"

女孩说:"一个连家都摸不着的人,竟能头脑清晰地记得儿子的手机号码,这也太假了吧?"

韩城也笑起来,一边笑一边说:"你真厉害!那么,肯赏脸一起喝茶吗?"

女孩点点头,含羞地说道:"我很乐意,我等你这句话好多天了,我早就注意到你了——实际上你们娘儿俩根本不用如此煞费苦心!"

请 你 找 钱

这是一个男乞丐,三十多岁的样子,此刻正在火车站广场上乞讨。不过与别的乞丐不同的是,他浑身上下并不算太脏,他坐着而不是跪着,也不抱着行人的大腿死缠烂打,当有人向他面前的破钵子里扔上五角一块时,他神情漠然,并没有一个劲地叩头。或许他入行还不久,还没有完全学会奴颜婢膝那一套。

就在这时有个老者拖着一个沉重的拉杆箱蹒跚而来,拉杆箱的轮子估计不灵光了,与地面摩擦时发出难听的"哧啦哧啦"声,这使得老者相当吃力。当走到这个乞丐面前时意外发生了,老者口袋内的手机掉了下来,而老者根本不知道。

乞丐看到了,大声叫了起来:"老先生,你手机掉了。"

老者听了忙回过身拾起手机,问道:"你为什么不拾起来归你所有?"

乞丐懒洋洋地回答道:"我虽是个乞丐,但不是小偷、无赖。"

老者诧异极了,愣了片刻,稍一弯腰,客气地说:"先生,你看我箱子坏了,拖着实在费劲,你可不可以帮我把箱子扛到候车室内?"

乞丐一愣,抬头一脸茫然地看着老者,显然不确定老者是在跟他说话,或许对他来说"先生"两个字太久违了,好像还是20世纪有人这么喊过他。

老者直视着乞丐，眼神和蔼，态度真诚，又说："先生，我实在没劲了，帮我一把好不好？放心，我会给你钱的，三十块，够不够？"

乞丐这回确信没有听错了，同时三十块钱一下子打动了他，就这么一会儿的工夫挣到三十块，不少了，远超乞讨的收入了。当即利索地站起身，先把钵子放入口袋，然后扛起箱子就走，一会儿的工夫候车室就到了，老者满意地点点头，从怀中掏出一张票子，那是一张五十的。

乞丐伸手接过这张票子后有点迟疑，照事先的约定，工钱是三十元，可他希望老者把这张票子全给他算了，毕竟他是个乞丐，接受别人的同情已经渐成习惯。

可是老者斩钉截铁地说了一句："先生，请你找我钱。"

乞丐还是有点迟迟疑疑的，一边用一种职业性的哀求的目光看着老者，这时有围观的人看着不忍心，开口了："我说老先生，人家是个要饭的，你大人大量跟他计较什么嘛，那钱干脆全给他算了。"

其他的人也纷纷附和，乞丐一听更加来劲，谁知老者态度更坚决了，对乞丐说："不，你一定要找钱，因为在我眼中你现在是个打工的，根本不是个乞丐。你付出劳动，理应得到报酬，但只能得到相应的报酬，如果我多给，那就不是给报酬，而是施舍，这是对你的不尊重，所以，先生，请找我钱！"

乞丐像过电一样浑身一震，慢慢抬起头，可以看到原本迷茫的眼神已然清澈，取而代之的是如梦方醒般的光芒，亲手挣钱的感觉和被人尊重的感觉，太好了！他迅速掏出二十元钱递给老者，再深深一鞠躬，大步逃也似的走了。

他没有走远,而是来到一个水龙头旁,很仔细地洗净了脸、手和头发,掉过脸,一副精神焕发的样子,一伸手掏出那个破钵子,坚决扔进了垃圾桶。恰好这时有个人手里举着"招工"的牌子走了过来,火车站这样的牌子太多了,以前男人视而不见,今天却感到分外亲切,大步地迎上去说道:"先生,我想打工——我什么苦都能吃的……"

迷信的老爸

韩东生了胃病在家休养,这天领导同事来看望他,大家正客客气气地说着话,门又开了,有人走了进来,韩东一看,是爸。爸一直一个人住在乡下,韩东让他进城,爸说什么也不肯,说不忍心看着田荒了,又说城里住不惯。韩东也就没有强求,说实话,爸太土气了,住在城里还真有点不协调呢。

爸的手上拎着一个大包,不用说又是他种的蔬菜,谁知这回不是,爸说:"娃,这是我跟咱那块最有名的老中医买来的中药,老中医说了,最多煎三副,保准你这胃病拔掉根。"

同事中有人轻笑一声,又强忍住不笑,韩东的脸一下子红了,他知道同事笑什么:爸样子土气、口音土气,说的话更土气,没见过世面,还最有名的老中医呢,再好能赶得城里大医院的医生吗?韩东心里便有点怪他爸了:啥时来不好,偏偏这时候来?可是当着大伙的面,韩东不好发火。

爸一脸难为情地跟大伙打了个招呼后,就一头钻进厨房忙了起来。韩东也不管他,和领导同事继续聊天,正聊得开心,一阵浓浓的香味飘了过来,是药香,原来爸在厨房内煎他带来的中药。

很快爸小心端着一碗黑乎乎的药水过来了,一边用嘴吹着,一边说:"娃,这药老贵了,20多块钱一副呢,快趁热喝下,再睡一觉发发汗,保管就好了。"

又有人轻笑起来,韩东更羞,20多块钱一副就算贵吗?可又不好说什么,只得端过来,一口气喝光了。爸满意地接过碗去洗了,然后又往外走,韩东忙问道:"爸你这是干啥?不会现在就回家吧?"

爸大声回答道:"我下楼扔药渣子去。"

韩东说:"为扔药渣子专门下趟楼?至于吗?先放着,等下楼时顺便扔好了。"

爸一脸神秘地笑了起来:"哈,娃,这你就不懂了,这药渣子必须扔在十字路口,让大家伙个个来踩,踩的人越多越好,这样子你的病就给带走了,懂不懂?老人们都是这样做的……"

大伙一听第三次笑了起来,韩东一下子读懂了那笑容,他们是在笑爸老迷信,都什么年代了还信这个?他便大声地叫道:"爸,扔什么扔嘛,噢,你这么一扔,我的病是好了,可不是害了别人吗?再说乱扔东西还弄脏了环境,爸,不要扔!"

领导一听轻轻地鼓起掌来,说:"韩东,好样的!"

同事们见领导鼓掌,也一起鼓掌,爸一听黑黝黝的脸顿时通红,说道:"我娃心好呢,我怎么就一直没弄通这个理?说得对,我不能害了别人,不扔了。"

大伙走了,韩东美美地睡了一觉,一觉醒来忽然发现身体爽快多了，胃部一丁点疼痛的感觉也没有了，难道爸的中药真的这么灵？

韩东叫了两声爸，没人回答，估计回老家了，爸每次进城送米送蔬菜都是来去匆匆，好像知道自己不属于城市。韩东便独自下了楼在小区花径上慢慢地散步，正走着，忽然听到"噗噗噗"的声音，循声一瞧，韩东一下子惊呆了。

那是一个露天垃圾池，臭烘烘的池子旁有个老头正狠命踩着一样东西，天气正热，老头踩得满脸通红、浑身大汗，可依旧踩得旁若无人、不亦乐乎。

老头不是别人，是爸，他脚下踩的东西是药渣子。

原来爸不想药渣子害别人，可为了儿子的病能好，便自己来踩。

原来爸是土气，又迷信，但爸永远是爸，在这世上独一无二不可替代。

女儿的虚荣

这天早饭后，我习惯性地正要送女儿苗苗上学，她忽然开了腔："妈，我以后不要你接送了。"

我一听惊讶地问道："为什么？"

苗苗倔强地一扭身子，说："就不要嘛，我都这么大了，再让妈妈接送，同学们会笑话我的——我也不要爸爸送。"

望着她小小的身子大步地离开,一阵悲凉从心底直涌上来:苗苗终于知道嫌我了,她怕在同学面前我让她难为情了,因为我的腿有点瘸,至于怕同学们笑话和也不要她爸爸送,只是在小心维护我的面子而已。我一直担心这一天的到来,现在终于来了。

一天天过去了,我们母女俩失去了以往亲密无间的关系,看得出她在竭力讨好我,总是说些知疼知热的话,行为也十分乖巧,可一到了上学时便逃也似的跑了,她还是怕我送她。老公听我说了情况后脸色十分严峻,左思右想了老半天,说:"小小年纪就学会虚荣了,这个不行,我们得跟她好好谈谈。"

这天快要放学的时候突如其来地下起大雨来,我正犹豫该不该送雨披给她,老公一脸坚定地说:"走,一起送雨披去,正好借此机会给她好好地上一课!"

在校门口,我们睁大眼吃力地搜寻着,眼前全是五颜六色的雨伞雨披,家长们全来接孩子了,可是直到人流散尽也不见苗苗出来,难道刚才我们看花了眼让她在我们眼前走过去了?

这时雨渐渐停了,我正着急,苗苗爸叫了一声:"来了!"

我抬眼一看,只见从里面走出两个小人来,是苗苗和她的同座林晓,那是个沉默寡言、脸色苍白的小女孩,此时两个小人儿一边手拉手走着,一边眉飞色舞地说着什么。

当苗苗一眼看到我们迎上来时,一下子生气了,但这种生气只有我和她爸从她的眼神和细微的动作中才看得出来,别人是无从知晓的,然后苗苗朝林晓笑着摆摆手,说:"再见!"

林晓同样说声"再见",又礼貌地跟我们打声招呼,便低着头走远了。一见林晓走远,苗苗立即鼓起嘴,扭头大步就走,看也不看我们一眼。

这下她爸真生气了,上前一把拉住小人儿的手,强压住火气说:"苗苗,我们得好好谈一谈了……"

就像只打足气的气球给针刺了一下,苗苗一下子爆发了,用力甩开她爸的手,大声嚷道:"不是说好不让你们来接的吗?你们为什么要来?"

她爸的眼珠子一下子瞪起来了,我忙把他拉在身后,轻声说:"苗苗,这不是有雨吗?"

苗苗大叫道:"下雨也不要你们来接——你们知不知道伤害了林晓?"

我们愣住了,我们伤害了林晓?

苗苗晶莹的泪水一下子涌了出来,一边抽抽搭搭地哭,一边说:"林晓爸妈离婚了,现在她跟她爷爷奶奶过,她越来越不爱说话了,如果学到父爱母爱的课文,她就偷偷地哭,谁不小心提到妈妈,她就偷偷躲到一旁。"

我们的心抖起来了,隐隐约约明白了什么,苗苗又说:"上课时她第一个来,放学后总是最后一个走,因为她不想看到同学们有爸妈接送,所有这些别的同学不知道,只有我知道,我不要你们接送,就是为的这个。她不想别人可怜她,所以我也没有告诉你们……"

望着女儿娇嫩的脸上泪水涟涟,我和她爸一起把她拥入怀中,心疼地说:"苗苗,对不起!"

这一刻,女儿真的长大了,比我们想象的还要纯洁、善良。

胖老板的狠心

韩海是个可怜的孩子,还在他很小的时候父母就生病走了,在大伙同情的目光中,他渐渐地长大了,现在都在镇上读高三了。

这天他遇到一个难题:学校下个星期要开运动会,他报名参加长跑比赛,就在这时脚上的运动鞋坏了,坏得根本不能承受那么大的运动量。这可怎么办?看样子只有弃赛了。

可韩海知道自己十有八九能夺得冠军,因为平时上体育课时他的两条长腿就跑得最快,耐力也最强,这或许是老天爷对他的一种补偿吧。他真的向往像风一样奔跑在跑道上,更向往站在领奖台上接受同学们热烈的欢呼,可身上连一分钱都没有,所以要想拥有一双崭新的运动鞋,只有一个办法:跟人家要一双。

对此韩海十分有把握,因为一直以来大家就十分照顾他。他在小镇上理发、洗澡什么的,人家老板从来不要他的钱,大家都知道他是个孤儿,事实上一直以来他都靠社会和好心人的资助生活、上学。

镇上恰好有这么一家卖运动鞋的,老板是个胖子。可是,当韩海进店嗫嚅着表明来意后,胖老板却面无表情地说:"要想凭空拿走我的鞋,对不起,没门,我可不是慈善机构。"

韩海的脸一下子通红,羞得恨不得一头扎进地缝里,说实话他从没受过这样的讥讽。这时有顾客小声地劝胖老板:"我说老

板,人家孩子这么可怜,你怎么忍心拒绝?给一双算了,只当你做善事好了。"

韩海一听感动得眼泪都要出来了,又可怜巴巴地看着胖老板,希望他能回心转意,谁知胖老板的大圆脸板得更加铁硬,硬邦邦地说:"我的鞋也是拿钱买来的,凭什么白给他?"

那顾客一听气得说:"小气鬼!"扭头就走,一桩生意立即黄了,可胖老板根本不为所动。韩海也走,当走到门口时胖老板在身后有意无意地开腔了:"不过要想鞋子给你,也不是没有办法。"

韩海一下子立住了脚,胖老板又说:"只要你在我店里打两天工,就可以得到一双运动鞋。"

韩海一听巧极了,明后天是双休日,正好可以来打工,当即痛快地说:"一言为定!"

接下来的两天韩海便开始了生平从未有过的打工生涯,他帮胖老板擦抹货架,直擦得闪闪发光,把每双鞋子摆放得整整齐齐,又耐心地接待每一位顾客,临下班还把店内外打扫得干干净净。这期间老板进了一批货,韩海上前帮着卸货,直忙得浑身大汗,腰酸腿疼,可他心里感到从未有过的快乐。

两天时间一晃就过去了,晚上,要打烊了,胖老板递过一双崭新的鞋来,说:"这是你应得的,穿上试试看!"

闻着新鞋好闻的气味,看着新鞋美丽的色彩,韩海心花怒放,往脚上一穿,大小正合适,试着走两步,哇,简直身轻如燕,再给一双翅膀就能飞起来。

运动会轰轰烈烈地开始了,韩海果然不负众望,在雷鸣一样的掌声中第一个冲过终点线。站在领奖台上,韩海深深感谢着脚上的这双新鞋,获得冠军这双鞋的功劳太大了,而鞋子完全是凭劳动得来的。自食其力的感觉,真好!

再然后,韩海考上了大学,可是这回他没有接受大家的资助,而是向银行贷了款,并且在接下来的大学生涯中,他一直不停地勤工俭学,生活过得辛劳而充实。

毕业后因为学业优秀,更因为勤工俭学的经历和锻炼出的才干,韩海找到了一份满意的工作。忙碌之余他没有忘故乡,这天终于抽空回来了,一下汽车一处不奔,直奔胖老板处。

胖老板的鞋子店还在,胖老板也在。韩海递上一双鞋,可以看出他把这双鞋保存得很好,虽然旧了,但干干净净。

胖老板说:"韩海,这双鞋你还留着?"

韩海说:"我会一直留着的。叔,我只想问您一件事,当年为什么要帮我?"

胖老板一愣,随即咧嘴笑了:"我哪里帮你了?"

韩海说:"我后来才知道,这是一双货真价实的品牌跑鞋,价值至少400元,而我在你店里打两天工能有多少钱?或许你根本就不需要我这个小工,只是在变相帮我而已。叔,您为什么要这么做?"

胖老板一下子沉默了,半晌点点头,说:"好吧,我说实话吧。几年前的那一天,当你走进我店里跟我要鞋子时,我的心里隐隐一疼,我知道再这样下去你就很难成人了,因为你已习惯了别人的同情,这样可不好,人生在世,自尊自强是第一位的,于是我狠下心来让你来打小工……"

韩海久久地聆听着、回味着,说:"是的,在穿上这双鞋子的那一刻,我感觉从未有过的好,那是一种找回自尊的感觉,是一种让我挺起胸膛的感觉,从此我就迷恋上这种感觉了。叔,谢谢您!"

韩海说着向胖老板深深地弯下腰去。

除夕夜的敲门声

陈露是个自由撰稿人,这样的生活原本就枯燥又有压力,偏偏还失恋了。一时间整个世界都抛弃了自己,极度消沉之下她干脆在城市的僻远地段租了一小间民房,要像这极寒天气一样,把自己彻底封冻起来。

时光快得惊心动魄,一晃到了除夕,黄昏寒气逼人,陈露正缩在沙发内独自伤神,"笃笃笃",像是有人敲门,没听错,确实有人敲门。

这就奇怪了,自己搬到这里并没有一个熟人知道,会是谁呢?要是熟人就好了,好陪自己度过这分外冷清的除夕之夜……

可当她打开门时,发现外面站着的是一个小孩,认出来了,是对门的小男孩。

只见小男孩一边怯怯地打量着陈露的脸色,一边说:"姐姐,你有笔吗?我正做寒假作业,可笔没油了,你借我一支好吗?写完了就还给你。"

陈露一听既失望又生气,失望的是来者不是期盼中的熟人,生气的是冒失的小男孩打断了自己的心绪,便没好气地说:"我没笔!"

过了一会儿,陈露还沉浸在忧伤中,门突然又被敲响了。

还是那虎头虎脑的小男孩,小男孩一脸阳光地笑着,说:"姐姐,你肯帮我辅导一下作文吗?"

陈露一愣,心里说你怎么知道我会辅导作文。那小男孩好像猜透了陈露的心思,一脸得意地说:"我经常看到姐姐坐在阳台上看书,所以姐姐一定是个有文化的人,我猜对了吧?"

原来如此,可陈露还是摇摇头,说:"姐姐只会读书,不会辅导作文,对不起!"

陈露的心依旧冰封着,不想搭理任何人,可这声"对不起"倒是出自于肺腑,因为委屈了小男孩的热情。

不知不觉中除夕之夜降临了,外面喜气洋洋的鞭炮声铺天盖地一样炸起来了,家家户户厨房里的香味不可阻挡地飘过来了。一时间陈露的鼻子发酸得厉害,感到从没有过的孤独,要是爸妈在身边多好,或者,即使有一个朋友也行啊……

"笃笃笃",门第三次被敲响。

依旧是小男孩。

一见陈露开门,小男孩就声音清亮地叫道:"姐姐,新年快乐!"

就这一声,陈露的心里"咯噔"一下,一股热流顿时直冲心田,想不到这世上还有人祝福自己。

小男孩眼睛闪亮得像星星,问道:"姐姐,你家有饺子吗?"

陈露一愣,又本能地摇摇头,说:"没有……"

小男孩欢呼起来:"这回终于猜对了,我就知道姐姐没吃饺子。"又回过头朝自家大声喊道,"奶奶,姐姐家没有饺子。"

对门那位慈眉善目的老奶奶走了出来,一脸盈盈笑意,说:"孩子,我包了好多饺子,实在吃不了,你和我们一起吃饺子迎新年好吗?"

这一声"孩子",活脱脱跟自家奶奶口气一模一样,春光一下子直透进来。这时小男孩快活地喊起来:"姐姐,我不是故意打扰你的,是奶奶怕你冷清,才叫我一直敲你门的,姐姐笑了,笑得真好看!"

陈露再也撑不住,心中的坚冰"哗"的一声消融无踪,忍不住大声哽咽着说:"谢谢你们!新年快乐!"

一杯水的力度

韩海真是倒霉透了,想当初兴冲冲地孤身来到这座陌生的城市,很快就在一家小广告公司立住了脚。一晃三个月过去了,在这三个月内吃的是泡面,住的是地下室,干的是牛马活,本以为工资会一次性结清,谁知一夜之间老板不见了,消失得无影无踪,而此时韩海已是身无分文,连地下室也住不起了。

此刻的韩海一边又饥又渴地拖着破旧的拉杆箱,一边满腹怨恨:社会,是你先对不起我的,所以,甭怪我十倍百倍报复你,这就叫以牙还牙、逼上梁山!

复仇的想法像毒蛇一样死死咬住他的心,不过,再给这座城市一次机会,也算是给自己最后一次机会,机会一失,将彻底告别纯真的以前,开始另一种生活。

以半小时为限。

于是,韩海在路边突然躺了下来。

时间匆匆,各色车辆行人更是匆匆,没有人停下来,大家或者假装没看到,或者看到了,只是投入惊讶一瞥,然后一副事不关己的样子,一脸漠然地继续赶路。

韩海把这一切全看在眼内,心里不住冷笑,直到有辆电动车在身边停了下来。韩海偷偷把眼睛开一条细缝一看,是位中年男人,身上的工作服满是油污,看样子是车间里操作机床的工人。

只见中年男人眼里满是同情地看着韩海,身子像是要动,嘴巴也动了一下,可屁股一直没离开电动车。犹豫了片刻后,脸上现出为难的样子,然后一扭电门,走了。

韩海在心里又是一阵冷笑,冷漠的城市人,行,你们给我等着。

韩海继续躺着,半个小时快要到了吧? 就在这时有个轻盈得几乎不可闻的脚步声蹦蹦跳跳的由远而近响起来,一直近到耳边停下,韩海悄悄一看,是个小女孩,十一二岁的样子,今天是星期天,用不着上学,估计小女孩是出来玩的。

只见小女孩大大的眼睛清亮似水,此刻却又满是惊慌和怜悯,轻声叫道:"叔叔、叔叔,你怎么啦?"

韩海的心一跳,像是枯寂的心弦被这轻柔的声音拨动了一下,但随即硬硬心肠,装出一副有气无力的样子,说:"我,我有点累,小姑娘,你能给我一杯水吗?"

小女孩往后退了两小步,像只受了惊吓的小鹿,小脸又忽然涨得通红,像是想起了什么,然后一低头,竟大步走了,直到走出老远还不住回头张望。

她想起了什么呢？肯定想起了爸妈说过的话：不要跟陌生人接触……韩海刚刚燃起的热情一下子冷却了，连这座城市的小女孩都这么自私冷漠，哼哼……

半个小时的大限应该差不多了。

"小兄弟，你还好吗？"

有个苍老的声音突然响起来，把正要爬起身的韩海吓了一跳，睁眼一看，是位老者。

老者一脸关切地说："小兄弟，你醒醒，要不要叫救护车，或者我送你去医院？"

韩海却有点气恼起来，原定半个小时一到就报复社会，或者骗或者偷或者抢，正准备实施，却杀出一个程咬金来，计划一下子被打乱了，怎么办？

韩海索性坐起来，话里带气地说："老先生，我都躺在这半个小时了，只有您老关心我一下，说句不中听的话，你们这里的人可真自私，一点人情味都没有，我算是看透了。"

老者听了缓缓摇头，一脸温和地说："小兄弟，我就在马路对面开了间小店，刚才发生的事我全看到了，我可不赞同你的看法。我把从你身边经过的人分成三类，第一类是匆匆而过视而不见者。"

韩海不服气地反驳道："这样的人还不算自私吗？"

老者依旧微笑着，说："小兄弟，我们不妨换一种厚道的眼光重新打量这类人。他们或许被讹诈的事吓怕了，所以能做到的唯有明哲保身，可是他们仍不失为本分的人，实际上我们也并没有权利要求人家必须帮助我们，是不是？"

韩海低下头咀嚼着老者的话,觉得无可回驳,便又说:"那第二类人又是什么样的人呢?"

老者说:"先前我注意到有个中年男人在你身边停下了车,他算得上第二类人,我称之为心存善念却无能为力者。"

韩海说:"他既心存善念,可又为什么不帮助我?"

老者和蔼地说:"我注意到了那个中年男人眼里同情的光,但他最终还是犹豫了,我想,或许上班的时间快到了,迟到了就会扣工资,或许还有其他急事让他耽搁不起,实际上我们身边绝大多数正是这样的人,他们心地善良,可为了柴米油盐、为了吃饭生存,不得不连轴转地打拼,他们实在耽搁不起时间和精力,也没有足够的金钱。小兄弟,须知心存善念,即为菩萨,这样的人应该得到尊敬。"

韩海不吱声了,想了想又问道:"那第三类人呢?"

老者一乐,一指自己的鼻子,说:"我就是,我称之为心有余且力也足者。我是位退休工人,有的是时间,并且我还知道这儿恰好有探头,所以不怕被你讹诈。小兄弟,你不会讹诈我吧?"

韩海被老者的话逗乐了,忽然想起什么,说:"这么说先前那个小女孩算第几类人呢?她有时间也有能力,我只不过跟她要杯水,可她却像没听到似的。"

老者一听哑然了,韩海正得意老者被自己问住了,忽听到身后有声音响起来:"叔叔,给你水!"

韩海浑身一震,回头一看,是先前那个小女孩,她的手里高高举着一玻璃杯水。水像她的眼神,清澈而透明。

小女孩一脸羞涩地说:"叔叔,我刚才没钱买水,所以就跑回家倒了一杯水来,叔叔你喝啊!"

韩海接过水，水还温热着，不知怎么的，他的手有点抖，抖得水差点洒出来。他猛地一仰天，咕咚咕咚大口喝下，然后发自肺腑地长吁一口气，说："水真热啊，叔叔的心都发烫了，这回叔叔什么病也没有了，谢谢你！"

然后韩海站起来，向着慈祥的老者，和天使一样的小女孩，深深地鞠了一躬，再挺起胸，拖起拉杆箱，大踏步地走了。

明天，一定会好起来的！

父爱的极限

苏江是位铁路工程师，即将出国工作两年，一切安排妥当，可是有一件事始终放心不下，就是唯一的亲人，女儿渐渐地长大了。19岁的女儿苏苏生得花容月貌，开始学会交朋友了，有一点点叛逆了，有一次甚至深夜回家，身上还散发出淡淡的酒气。苏江为此陷入深深的不安中。

正好在暑期内，动身出国的前一天晚上，苏江忽然语出惊人，对女儿说："苏苏，把你常玩的朋友约一下，我要请他们吃顿饭。"

苏苏一愣，瞪大好看的眼睛对爸爸看了又看，她是怀疑爸在开玩笑，可她看到爸的样子极其认真，绝不像开玩笑，顿时欢呼起来："好，老爸要老夫聊发少年狂！"

在酒店里，苏江和苏苏的一帮朋友谈笑风生，苏江不住劝大家喝酒吃菜，亲热得就像哥们一样。大伙一开始还有点拘束，但随着酒一喝多,情绪一高涨,也就渐渐地放开了,个个开怀畅饮尽情说笑,气氛融洽极了。而吃过饭后快乐并没有停止,苏江又请大伙唱歌,不用说在歌厅里又是一通狂欢。

苏苏酒喝多了,都不知道是怎么回的家,第二天慵懒地睁眼一看,太阳都升起老高了,爸不在家,一算时间,已身在飞机上了。

现在细细回想起来,爸昨晚的表现可真叫奇怪!

然后,漫不经心的苏苏看到一张纸条,是爸的笔迹,一字一字,分外用力。内容如下:

苏苏,从昨晚的情况看,你喝酒的极限是两瓶啤酒。爸不在家的日子里,你最好不要喝酒,如实在推托不了,千万不要超过两瓶,否则必醉。女孩子家醉酒总归不好。

昨晚我们一直玩到夜里十点,此时甭说公交,连出租都少了,最后我是叫朋友接我们才回的家。所以以后你如果不得不迟归的话,晚十点是迟归的极限。

酒后见人心。昨晚你那些朋友酒后真面目我都一一观察了,猪猪、排骨、大头等几位还是可信的,可淡淡交往,而一定不能信赖眼镜,他花花肠子太多,且心地凶狠,昨晚路遇一只流浪小猫,他竟一脚踢飞。苏苏,这就是你交朋友的极限。

切记、切记!否则爸在外面会很担心的。

苏苏一遍又一遍地读着,一个字又一个字地回味着,像是要印到脑海里,然后眼泪直流下来:爸,我记下了,全记下了……

青春的怒气

最近家里挺压抑的,爸妈脸色都不好,经常背着我小声谈话,尽管不让我听到,但从他们偶尔漏出的只言片语中,我还是隐约听到一个不好的结果:爸所在的公司要破产倒闭了,这意味着四十好几的爸即将失业。

爸还在一天天上着班,样子越来越疲惫。我诧异地闻到爸身上有股好闻的甜香,也不知是什么味道,这股味道是哪里来的呢?而爸的脸色越来越阴沉,怕是离失业的日子越来越近了,我也越发担心起来,可这还不是最坏的,最坏的是我越来越爱上网吧,尽管马上就要高考了。高考前的气氛令人窒息,加之一连两次摸底考试我发挥得都不好,这使得我越来越沉迷于虚拟世界里,只有在那里我才可以纵情驰骋,所向披靡。在这样双重压力下,我越来越愤懑。

终于有一天爸发起火来,因为老师把我的近况告诉了他,结果我被结结实实地揍了一顿。

我胸中压抑已久的怒火被激发出来,我想大叫,想发泄,可是这股莫名的邪火又朝谁发呢?这天出门上学的时候,我找到了目标。

那是一个卖水果的外地人,他交不起摊位费,又不敢惹城管,恰好我家临近街口,他便跟我爸商量,让他靠着我家的一面墙摆个摊位,我爸当时一口同意了,并且烟瘾极大的爸坚决推回他递过来的一包好烟。

我每天上学都要经过他的摊位,摊主每次看到我总是一脸讨好的笑。而今天当他再次对我露齿而笑时,我忽然深深讨厌起他那虚假、黝黑的笑容来。

我走过去恶狠狠地说:"听着,这是我家的墙,从明天开始不许你占用。"

贩子听了满脸的笑容一下子冰冻了,我看也不看,扬长而去。这一刻我心里压抑多时的愤懑好像一扫而空,畅快极了,以前老师、家长谁都可以欺负我,现在我也可以欺负别人了。

晚上放学回到家发现爸的脸色难看得吓人,能拧出水来,爸怒气冲冲地吼道:"听说你要撵人家走,有没有这回事?"

我暗怒,这家伙怎么跟老师一样爱告状?爸又吼道:"人家混个饭吃容易吗?碍你什么事了?你就不会尊重人吗?"

我表面上臣服了,可心里怒火更甚,这事没完!

第二天下午学校要开运动会,便早早地放了学,这是我们的黄金时光,因为可以到网吧里痛痛快快地大干一场了,而老师和家长将一点也不知情。

不过在此之前我没忘一件事。我先独自一人回家来到那水果摊前,不出所料,那家伙一见我的面就紧张起来。

我一笑,分外亲切地挑选水果,一边有一句没一句地东拉西扯。就在他转身弯腰分外殷勤地为我挑选最好的水果时,几辆电瓶车风一般驰过来,一下子撞翻了摊位,五颜六色的水果摔了一地,几辆电瓶车丝毫没停,反而加速而逃,摊主大惊,刚要起身追赶,却被我一把拉住了。

我叫道:"你给我挑的水果呢?"

摊主急得直蹦,说:"马上给你,你先松手……"

我手上暗暗用力,拉得更紧了,摊主忽然不急也不扯了,因为几辆电瓶车已跑远不见。摊主用一种无奈的目光看我一眼,叹口气,弯腰拾起水果来,好多水果已摔烂了。

我心里忽一抖,刹那间我读出摊主的眼里还有一种意味,那叫忧伤,或许还有屈辱。

我想摊主已猜到了,那几个骑电瓶车的是我叫来的同学。

在城北山脚下,我们兴奋地会合了,决定先爬山再进网吧,自进入紧张至极的高三以来,我们便从未来过这处优美的景点。

山上山下游客多极了,当我们大呼小叫地爬上山顶后我决定请客,因为大伙刚才帮我出了气。那请大伙吃什么呢?有个同学像发现新大陆似的尖叫起来:"那儿有卖熟玉米的,就吃玉米吧。"

然后我闻到一股甜香,那是熟玉米的味道,似曾相识。我给每人买了一个。

接下来我没有上网吧,而是流星赶月般回了家。当我来到那外地人面前时,他还在呆呆地发愣,见我又来,他看上去更紧张了,不知道我又将使出什么坏点子。

我从书包里掏出两根香喷喷的老玉米递过去,发自肺腑地说:"叔,对不起!"

我之所以这么做,是因为在山顶上,那个卖熟玉米的是我爸。

当我发现是爸时,我恍然大悟爸早就失业了,他是为了我的自尊才瞒着我干了这个。他之所以分外疲惫,分外易怒,是因为做这门小生意既辛劳,又受人家的气。所以爸才分外理解那个外

地卖水果的。

在见到我和同学的一刹那,爸神色尴尬极了。我咬住嘴唇叫过同学,说:"这是我爸。"

所有人全一愣,我又说:"爸,我和我的同学都想吃你煮的玉米,一吃过玉米我就回家做作业。"

掉过头我对大伙大声地说:"听着,谁以后再上网吧,我就坚决不认他这个朋友!"

咱爸咱妈要分居

这天妈妈对杨丽说:"闺女,你送我到你姐姐家好不好?好长时间没看到小外孙了,怪想的。"

杨丽一听痛快地说:"行啊,对了,爸,你肯定也想跟妈一起去吧?"

杨丽这么说是有十成把握的,因为自从进入老年以后,妈和爸成天一块散步、一块买菜、一块做饭,简直可以说形影不离,像对热恋中的人。不过让杨丽纳闷的是,老两口并不像年轻人那样时时刻刻黏黏乎乎,他们时不时还斗斗嘴、撒撒气。

体形肥硕戴着老花眼镜的爸正埋头看报纸,听了杨丽的话,他头也不抬地说:"我才不跟她去呢,这老婆子成天在耳边絮絮叨叨的,烦死了,现在好容易有机会一个人在家清静清静,多好!"

妈一听从鼻子里哼了一声，不屑地说："谁稀罕你去了？碍手碍脚的，你去了我还要服侍你，不是没事找事吗？闺女，你索性也跟我去你姐姐家住两天，把这老胖子一个人撂在家里，让他喝西北风去。"

杨丽惊讶极了，老两口这是吵过架了？她刚要劝，早被妈一把拽出门，爸还是坐着动也不动。

妈拽着杨丽出了门后，往姐姐家的方向头也不回地开步走，一副坚定的样子，走了十几步后却不住往后瞄，似乎生怕有人跟上来。妈忽然止住脚，有气无力地说："闺女，快送妈上医院，妈昨天傍晚跟你爸散步时出了身汗，就把衣服敞开了，谁知吹来一大阵冷风，当时就是一个寒战，现在只觉得浑身难受，憋不住地要咳嗽，怕是引发肺炎了。"

杨丽大惊，一招手叫了一辆出租车往医院的方向急奔，在路上杨丽想起先前在家的事来，问道："妈，你病就病呗，干吗要骗爸到姐姐家？"

妈无力地把头靠在椅背上，说："昨天晚饭我吃得太饱了，本不想散步，硬是你爸要求的，他说散散步正好消消食，我也就没忍心拒绝他，所以他一旦知道我病了是他的责任，还不着急上火？闺女，我生病的事一定不能告诉你爸，你爸那个大胖子有三高，急不得的。"

在医院里妈打上点滴后把杨丽叫到面前，若有所思地说："我这心啊没着没落的，总好像有事要发生，要不你回家看看，该不会是你爸有事吧？"

杨丽笑起来，说："我爸他好好的，怎么会有事？你安心休息，不要瞎想……"

谁知妈一听生起气来,说:"你这孩子也太不体贴人了,要不,这针不扎了,我自己回去。"说着就要拔针,杨丽吓了一跳,忙说:"我回去还不行吗?"

等杨丽心不甘情不愿地推开家门一看,吓了一大跳,只见爸满脸通红地躺在沙发上,两个大鼻孔呼哧呼哧地直喘粗气,好像喘气不顺的样子。杨丽心里暗暗吃惊妈的未卜先知,上前问道:"爸,你怎么啦?啊哟……"

原来杨丽的手触处,爸的额头像火炭一样烫。

爸昏昏沉沉地说:"昨天傍晚散步的时候不小心敞了风,现在恐怕是伤风了,浑身筋骨又酸又疼。闺女,你把你妈送到你姐家了吧?我正寻思该不该打电话给你呢,可又怕惊动了你妈……"

杨丽惊问:"爸,你的意思是,你生病的事不要告诉妈?"

爸一听把手摇了又摇,说:"一定不要说,就你妈那个急性子,要是让她知道,回头又要骂我了,再说,她刚到你姐家,就让她跟小外孙玩两天吧。"

杨丽至此恍然大悟,说:"我知道了,全知道了,难怪你不肯跟妈去姐姐家呢,是想一个人偷偷地看病,不想让妈担心是不是?你们这老两口啊,可真是一对活宝!"

鲜红的中国结

为了能使志明完成学业,妈妈在家里没日没夜地给村办编织厂加工中国结,才四十几岁的人头发却花白了一大片,这让志明看在眼里疼在心里。他暗暗发誓:将来一定好好孝顺妈妈。

在记住妈妈苦的时候志明也记下了家乡人的冷漠,在那样困难的日子里,村里人从没伸出过援助之手,一任他们娘儿俩在苦海里扑腾。

终于毕业了,凭着优异的成绩和农村人特有的韧劲,志明找到了一份相当不错的工作,再经几年拼搏,当终于拥有了属于自己的一方天地后他立即风雨兼程地赶回家乡,他要接妈妈进城。

妈妈见儿子回来高兴坏了,立即烧了两样儿子最爱吃的菜。边吃边聊时志明说起回家的另一件事情:为公司顺便考察一下投资环境。志明的公司是一家资本雄厚的果品公司,目前公司正四处寻找一处果品充足的地方,然后投资办厂。

妈一听兴奋地说,咱这老家不正符合条件吗?你看,漫山遍野的全是桃啊杏的……志明一听摇摇头,说:"我不想向老板推荐家乡,因为家乡人太自私太刻薄了,不值得回报!"

妈一听火了,说:"你说什么啊?咱们好手好脚的凭什么叫人家照顾?再说,大伙的日子过得也不容易。"

娘儿俩第一次不欢而散,郁闷的志明信步闲逛起来,不知不觉中走到村子北头,然后看到一长溜好几间日久破败的房子,他一下子想起来了,这就是村办编织厂。

其中一间房子的门开着,志明好奇地走过去一看,却是满满一屋子的中国结,里面有一个人正弯腰忙着把中国结翻来翻去的。

志明认得那人,是一辈子孤身一人的五叔。一见志明,五叔咧开嘴笑了,一脸赞许地说:"志明,听说你回家要接妈妈进城享福了?你娃子良心蛮好的,你妈为了你可吃了大苦,那苦真是三天三夜也说不尽。"

志明淡淡地点点头,随口问了一句:"五叔,你在这儿干什么?"

五叔回答说:"你看这么多漂亮的中国结卖不出去,扔了可惜,放着吧又怕虫蛀鼠咬什么的,所以我就主动到这儿做保管员,今天太阳不错,我想翻晒翻晒,防止发霉。我是个孤老头子,身体又有病,要不是大伙照顾,我的骨头都烂了,所以我也不要工资,就当为大伙做点贡献吧。"

志明一听有点诧异,家乡人竟这么温情?想了想又问:"可是,以前咱这编织厂生意不是蛮好的吗?怎么会积压这么多呢?"

五叔却直摇头,说:"好什么啊,只办了两年多就办不下去了,竞争太激烈了。"

志明连声说:"不对不对,五叔你记错了,我妈妈不是打了好几年的中国结,一直卖给厂里的吗?"

五叔一听动作明显地迟钝了一下,然后吃力地直起腰,神情异样地说:"嘿嘿,我说漏嘴了,好吧,我实话告诉你吧,厂子确实只办了两年就停了,可一直收着你妈打的中国结,因为你那时正上学,孤儿寡母的太困难了,所以大伙的意思是,厂子再亏也不能亏你家!同时又瞒着你妈,因为你妈是个要强的人,她到现在还不知道真相呢……"

志明愣住了,好半天才慢慢弯下腰,把脸紧紧贴在那些鲜红美丽的中国结上,就像浸入了妈妈以前那酸苦不过的时光里,更像回味着乡亲们一颗颗滚烫而又质朴如山的善良。

封 存 回 忆

韩磊有一个快乐的童年,因为爸爸是个收废品的。每天晚上爸爸蹬着破旧的三轮车回到家后,第一件事就是把收到的旧书旧连环画整理出来,小心掸去灰,再整整齐齐地码好。如果有些书缺了封面,爸还会用牛皮纸做一个封面,接下来就是韩磊津津有味的阅读时光了。

可是韩磊有个不算快乐的青年时光,还是因为爸爸收废品。尽管爸爸一如既往地早出晚归收废品,尽管收来废旧图书后,还是小心收藏在家里而不是卖钱,但韩磊有些难为情了,因为爸爸不能像同学朋友的爸爸那样衣着光鲜。

好在他终于逃离了家乡,他考上了大学,然后留在城市,韩磊渐渐疏远了家乡。

时光飞快,韩磊成家了,而爸也越来越老了,韩磊便要爸进城一起住，但爸不肯，爸说离不开家乡的土地，离不开家乡的空气，更离不开家乡的人。恳求了几次爸都不肯，韩磊也只好放弃了，但只有韩磊知道，自己对爸心里是有些排斥的，所以并没有强求爸进城，原因同样是因为爸是收废品的，当然，自己的住房和经济都不宽裕也是一个原因。

这年春节，韩磊终于回了趟家乡，原因是爸身体不太好。好些年没回来，家乡变得有些陌生了，然后韩磊大吃一惊：比爸还沧桑的老屋内堆满了书，看得出每一本都精心收拾过，并用牛皮纸做了封面。

韩磊一时间有些恍惚，小心地抽出书来翻翻，有些是小时候读过的，有些没读过，是爸新收的，这么说这么多年了爸一直在干着同样的事：收藏旧书。

韩磊问道："爸，我都离家了，你收藏这么多旧书干什么？给谁看啊？"

爸听了笑笑，然后眼里闪过一丝异样的光芒，说："不是给谁看，而是习惯了，因为我总想起你捧着旧书的样子，那时候小小的你最喜欢读书了，那投入的样子，有时候喊你吃晚饭，一连喊几声你都听不到……"

韩磊静静地听着，然后把脸贴在一本连环画上，刹那间熟悉的气味一下子把自己带回到旧日时光，那遥远的回忆内有辛酸，但更多的是温暖、快乐……

在陪伴爸过年的几天时间内，韩磊不停地做着一件事：用手机拍下这些书，然后传上网、传上朋友圈，讲述自己和旧书的故事、和爸爸的故事。同时他下定决心：无论怎么说都得带爸进城，让爸安度晚年。

谁知就在这时他突然火了起来,有好多人通过各种方式联系上自己,目的只有一个:购买旧书。

那些买家说,那些旧书中有好多相当有价值,例如成套的连环画,例如绝版的有价值的图书。好多人甚至大费周折寻上门来,当他们看到满屋子整整齐齐的旧书后大呼过瘾,说这是个宝库啊,然后竞相给出相当惊人的价格。

当韩磊从最初的震惊和兴奋中冷静下来后,他只说了一句话:"对不起,无论多少钱都不卖,一本都不卖!"

大伙惊问为什么,韩磊压制住内心的情绪,说:"原因很简单,这些旧书封存着我的回忆,封存着我和爸相依为命的美好时光,所以我要像我爸一样珍藏这些回忆,并且代代传下去——这就是我们的传家宝!"

誓　　言

林美娟长得柔婉美丽,不过有心脏病,这使她看上去病恹恹的,可是韩东丝毫不嫌弃这点,非要娶她,为此还不惜跟家里闹翻了。

林美娟不肯接受韩东的爱,说:"我不要你的可怜。"

韩东脸通红,吃力地说:"这不是可怜,是爱!"

林美娟扑哧一笑,说:"瞧你笨嘴笨舌的,就不能说点好听的啊?从恋爱以来你就从没说过火热的情话,今天非要你说两句,看能不能打动我。"

韩东吭哧了半天,才挤出一句:"我,我愿意把你的病移到我身上!"

这句分外平实的誓言锐如子弹,一下子击中了美娟。

婚后韩东不由分说包揽了一切家务活,整天洗衣做饭,打扫卫生,内内外外忙个不停,不让美娟有一丁点的疲劳,美娟也心安理得地享受着韩东的爱。如果生活就这么过下去,虽说平淡,倒也不失为幸福,可是阴云始终笼罩在心头:美娟的心脏病开始频繁发作。

好在有韩东,他细心地守护着美娟。一天天过去了,美娟虽说难以康复,但容颜依旧美丽,而韩东因为辛劳显得过老。美娟说:"韩东,我拖累你了。"韩东一笑:"这叫什么话嘛,我快乐得很呢!"

为防止美娟单独外出时发病,韩东让美娟把救命的药随时揣在兜里,并在手腕上系上一张卡片,在卡片上韩东工工整整地写道:我有心脏病,兜里有药,万一我发病,请帮忙取药喂我,谢谢您! 卡片的最下端是韩东的手机号码。

韩东还跟美娟约定:万一美娟在家中发病,又无力吃药,就立即打电话给他,为防止美娟没力气说话,手机响铃一声他就赶回来。为此韩东专门给美娟买了一部老式手机,不用滑屏的那种,只轻摁两下就可以打出电话,这部手机只储存他一个人的号码,这样一拨就能打给他。

这两招相当管用,美娟有一次真的在街头晕倒,有好心人一眼看到卡片,明白了,立即喂她吃药,这才把她从鬼门关拉了回来。她是活过来了,没事似的,韩东却吓得脸都白了,抱着她一直不肯撒手,隔着几层衣服美娟都能听到他的心跳声。

而美娟在家中发病的次数越来越多,刚开始她还能竭力掏出药丸吃下去,但随着病情越来越重,更多的时候她已无力自救,于是只得用尽最后的力气拨打韩东的手机,然后便人事不知。而韩东一见是美娟来电便火速赶回,一路上脸色煞白狂喘如牛,但总算一次次救回了美娟。

但有一次出了意外:美娟不小心误拨了这部专用手机,而她浑然不觉。过了片刻韩东亡命地赶回家,一见美娟安然无恙,这才长出一口气浑身放松下来。美娟正要道歉,却见韩东眼珠往上一翻,软软地倒了下去。

美娟吓坏了,拼命喊叫,过了片刻韩东终于悠悠地醒了过来,他擦去美娟的眼泪,笑着说:"没事,只是有点累而已。"

美娟说:"你可吓死我了,瞧你脸色,白得像雪一样!"

这天是韩东的生日,美娟说今天我做饭,我要为你做两个好菜,还要买个蛋糕。韩东不让,说你不能这么辛苦,我来做饭好了。这下美娟有点生气了,说:"丈夫生日,我如果连顿饭都不做,那我这做妻子的也太没用了!"韩东没法,只好叮嘱几句,就上班了。

可是上班时韩东一直心神不宁,心脏怦怦直跳,总觉得要出什么事。就在这时手机分外刺耳地响了起来,韩东冷不丁吓了一大跳,强忍住心口不适,慌忙接听,却是个陌生的声音,说:"我是医生,刚才好心人送一个女士到我们医院,她在路上发病了,我看她手腕系的卡片上留有你的号码,所以只好打给你,现在手机主人状况不太好……"

韩东惊跳起来,往外就奔,又"通"的一声重重摔倒在地,他撞着门了,同事一见之下知道大事不妙,忙紧紧地跟着他,大伙一起直往医院奔去……

好在医院抢救及时,美娟醒过来了,她一睁眼,看到又回到了人间,不由得心里高兴,然后惊讶地看到病床边围满了人,有家人、朋友,以及韩东的同事。

美娟抱歉地一笑,轻声说:"你们怎么全来了?光惊动你们,太不好意思了。"

大家不吱声,美娟忽然觉得大家神情怪怪的,顿时一个冷战,说:"怎么了?对了,韩东呢?他怎么没来?"

大家还是不吱声,美娟真急了,大家只好说:"韩东在隔壁。"

美娟惊讶极了:"他在隔壁干什么?"

大伙扶着美娟起来,然后在一间病房里看到了她的韩东。

韩东竟在睡觉!可是,他的脸色怎么这么白?从未见过的白!

医生开腔了:"这个,林女士,你冷静点,你丈夫他……走了!病因是心脏病突然发作,在急奔来医院看你的路上,倒了下去,根本来不及抢救……"

韩东怎么会有心脏病?他身体一向像牛一样结实啊!

医生说:"因为长年劳累,更重要的原因是常年极度紧张,所以患上了心脏病。"

难怪他曾经晕倒,难怪他的脸色一直不好……是的是的,韩东为这个家付出太多了,更重要的是,他一直生活在恐惧之中,因为她的病。

他处处为她着想,可从没想到在他自己身上写张卡片、揣瓶药,甚至没检查过身体。

求婚时韩东对美娟发过一个平实得不能再平实的誓言："我愿意把你的病移到我身上！"现在誓言兑现了。

美娟把脸紧紧贴在韩东的脸上，久久不动，说："亲爱的，你等等我……"

美丽的心结

那天正是她新婚大喜的日子，小韩来娶亲了，一脸的羞涩和紧张，在向她爸妈献过茶，又经受过小姐妹的恣意"蹂躏"后，他终于可以背起她出发了，是的，背起她。

在这儿一直以来有个风俗：新婚之日，男方必须背起女方，一口气背到桥那边，途中女方不得着地，否则一辈子不吉祥。

他个子倒是挺高，却瘦得像根竹竿，他是个教书先生。这么着她伏在他的背上时心里七上八下的，他能一口气把自己背过河吗？万一跌倒了呢？可即使跌倒又能怨谁呢？这门亲事是她自己看上的，九头牛也拉不回头。

不出所料，才背了一会儿他就大喘特喘起来，脚底下也开始打晃，她很心疼，有心叫他休息一下，可是身后跟着好多人，大伙一边悠闲地跟着一边说笑，那热闹的样子就像过大年似的，更像看小猴儿表演马戏，吓得她一句话也不敢说，只是在心里一个劲地祈祷。

好在大桥就在前面不远了，而这时他的喘气声已经像破裂的风箱,脚下更是一步一晃,她情知不好,就在这时他的腿一软摔倒了,一身新衣的她顿时跌了个四脚朝天,惹得身后的人笑得直打滚。

一晃这么多年过去了,两口子说老就老了,他成了老韩,她成了韩大娘,欣慰的是,他知疼知热,诚实顾家,生活一帆风顺,十分吉祥。但每次回娘家,尽管当年的小姐妹如今已成了老姐妹,但依旧时不时提起这事打趣。这成了她的一个遗憾、一个心结,而这心结怕是一辈子也解不开了。

这天她的肚子突然毫无征兆地疼了起来,且疼得山呼海啸,浑身汗如雨下,而此时老韩正在外面跟老伙计们喝茶。她跟他打个电话,说声"我肚子疼",就眼前一黑,什么也不知道了。

当她再醒来时已身在病床上,手上还打着吊瓶,腹部隐隐地疼,身边全围着人,住在城里的儿子也赶回来了。这是怎么一回事?

儿子一脸害怕地说:"妈,你可醒来了,你这是急性阑尾炎啊,幸亏我爸及时把你送来,迟了的话……"

韩大娘这才想起来事情的经过,忙问儿子:"是你爸送我来的?"

儿子说:"是啊,邻居们说,爸背着你像疯了似的往医院狂奔,那个快啊,估计他一辈子也没跑过这么快,即使换了我一口气也背不了这么远。"

韩大娘一惊:这么多年过去了,老韩当年瘦竹竿,现在竹竿瘦,而我胖了不少,他能背得动我?

韩大娘问道:"你爸呢?"

儿子和大伙不吱声,个个脸上现出一副奇样的样子来。韩大

娘的心往下一沉，急问道："快说，你爸呢？"

儿子还是不吱声，身子往旁边一让，大伙也往旁边一让，然后韩大娘一眼看到那边的床上还躺着一人，不是旁人，正是她的老头子，老头子正一脸憨笑地看着她，他的一条腿高高地吊着。

有个老姐妹说："大姐，你家老韩背你时路上有个坑，他不小心一脚踩了进去，一下子把脚脖子给扭了，还骨裂了，可他硬是一歪一扭地背着你跑进了医院，啧啧啧，这老家伙怕是疯了！"

另一个老姐妹说："我就纳闷了，这老了老了怎么力气还见长了？要是当年有这把子力气，何苦让我们说笑了一辈子？"

韩大娘一听扑哧一声笑了起来，老韩也笑，大伙也笑。笑着笑着韩大娘的眼泪出来了，她心里多年的死结一下子解开啦！

最醉人的团圆

再过两天就要过年了，林涛忍不住归心似箭，因为已有整整两年没回家了，之所以没回家，原因只有一个字：忙。没办法啊，城里生活压力太大，工作太多，只得一次次把归程延后，而今年无论如何都得回家乡一趟。这么一想林涛的心里隐隐一疼，因为爸独自一人生活在老家，一直不肯进城，怎么劝他都不听，他说他在农村多少还能挣点钱，还能为林涛买房凑上几块砖、几斤水泥。现在爸还是像以前一样闲不住吗？头上的白发是不是像下了一层雪？苍老的脸上是不是又多了几条皱纹？

林涛正巴望着放假,谁知就在这时公司指令他出趟差,老板一脸无奈地说:"林涛,不是我不近人情,实在是没办法啊,因为这项业务只有你熟悉,不过你放心,等完成任务后我会重重奖你的。"

林涛一时欲哭无泪,可是又能怎么着?总不能辞职吧?找一份还算满意的工作是那么容易的吗?

于是林涛没精打采地坐上了大巴,当呼啸着前行时,他心里忽然一动:大巴不是恰好经过自己的家乡吗?要是大巴车能在家乡停上一停,见上爸一面,说上几句话,给爸点钱,那也算是过年团聚了,可是现在全是高速公路,大巴根本不可能停的,连一秒钟都不行。要不就在家乡下车过一宿?这趟差时间紧任务重,根本不能多耽搁。

林涛想到这里一下子灰了心,掏出手机打爸的手机,只响了两声就接通了,好像爸一直在等自己的电话似的。林涛说:"爸,我过会儿就坐大巴车从咱家经过,可高速上不让停车,再说工作也忙,所以爸……我就直接过去了。"

手机那头停顿了有两秒钟,然后爸乐呵呵的声音响了起来:"那是那是,工作当然重要了,咱爷儿俩团圆的机会多着呢。"

团圆的机会真的多吗?林涛反复问自己,可怎么也问不出个答案来,只得恹恹地斜坐着。不知过了多久,林涛朝窗外看了看,家乡快要到了,谁知就在这时大巴下了高速,驾驶员解释说:前面严重堵车,高速封路了,所以改走省道。

林涛一下子兴奋得不得了,这下子可以见着爸了,方法很简单,让爸站在路边,爷儿俩就可以见面了,哪怕是一面呢,哈哈,这才叫天遂人愿呢。更有甚者,就说要解小便,央求司机停上一停也不是不可以的。

　　林涛立即再次掏出手机,正要打给爸,大巴忽然停下了,是被交警拦下的,原来前面一座山体刚刚发生滑坡,把道路给堵上了,目前工人正加紧清理路面。

　　老天爷越发照顾人了,天赐良机啊!

　　林涛当即快活地拨通爸的手机,可是这回响了好长时间才接通,爸的声音听上去气喘吁吁的,说:"小涛,我刚才干活出了汗,就把棉袄脱了,手机放在棉袄兜里,一直没听到铃声,多亏你二大爷耳朵尖……"

　　林涛心中一惊,这可是寒冬腊月天啊,爸竟出了一身汗!

　　林涛叫道:"爸,我不是让你不要再干活吗?怎么又干了?缺钱的话我给你好了。爸,告诉你一个好消息,天大的好消息,车子没有走高速,而是走省道,爸你赶快过来,我现在正坐在车上呢。"

　　爸在那头懊恼地大叫起来:"怎么这么巧?我刚刚干活,走不开啊,估计还得有四五十分钟才能干完,不,我们马上抓紧干,至多半个小时一定完事,小涛你等我!"

　　林涛听了叹口气,要爸停手不干,除非他实在干不动了,对了,希望前面路面清理得慢些,再慢些,好等到爸赶过来。

　　这时前去探望路况的司机走了回来,一边走一边咂着嘴说:"不得了,不得了,前面那帮子工人疯了似的,个个没命地铲路,我长这么大还从没见过这么卖命的工人,照这样子最多再过二十分钟就能通车了。"

　　乘客们听了好奇地往前面看,林涛也挤过去往前看,隔着几辆汽车,果然看有好多工人正忙碌着,他们那个卖力啊,来回穿梭得像在刮旋风……他的心脏猛地一跳,难道说……

他当即再次打爸的手机,还没开口爸先喘着粗气说话了,声音里满是兴奋:"小涛,快了快了,二大爷他们听说我要去见你,个个没命地干呢……"

林涛大叫起来:"爸,你是不是正在钱沟村正东边的省道上清理路面?"

爸的声音听上去一惊:"是啊,你怎么知道……"

林涛疯狂大叫:"我就在你们南面的那辆大巴车上,爸……"

林涛哽咽起来,跳下车,远远地看到一大群弯腰铲路的人中有人直起腰来,然后大步跑了过来,那是爸,一脸汗水、衣衫单薄、脸红得像关公一样的爸。两年不见,爸又老了不少……

然后其他工人也跑了过来,林涛认出来了,是二大爷、三叔他们,两年不见,他们同样苍老了好多。

等迎面跑近了,一向足智多谋的二大爷忽然皱眉说道:"你看这事弄的!听着,咱接下来干慢些,让他们爷儿俩多聊会儿,他们都两年多没见面了。唉,我那闺女也有一年多没回来了……"

爸用粗糙的大手擦擦眼睛,大声说:"那不行,小涛工作要紧,再说这么多人堵在路上,大伙都急着回家过年呢,咱还是加紧干吧!"

大伙一下子为难起来:到底是快干还是慢干呢? 这个问题简直是天下第一难!

林涛愣了愣,突然做出一个奇怪的举动——他一把脱了羽绒服,扔给爸,大声说:"爸你歇会儿,我来干!"说完抢过铁锹,埋头狠命地挖起土来。

大伙静静地看着,包括司机、乘客,和二大爷他们,然后二大

爷眼睛湿湿地说："好,团圆了,团圆了,这才是最好最醉人的团圆呢!"

卑微的浪漫

杨梅和陈东是千千万万打工夫妻中最普通不过的一对,杨梅在工厂,陈东在建筑工地,两人收入都不高,生活的负担原本就很重,不巧的是,杨梅前些天把腿摔伤了,现在只得每天窝在小屋内,拄着根拐杖闷闷地养伤。

而今天杨梅就不仅仅是郁闷了,还有点伤心,因为今天是两人的结婚纪念日,想想婚前花前月下的浪漫,那时把婚后的生活想象得比花香、比蜜甜,现在却过得如此艰难。更重要的是,不知何时陈东的浪漫劲慢慢消失了,每天只会吭哧吭哧地埋头干活,连一句温存话也不会说,或许是他一天重活干下来,实在累得没劲了。可今天是什么日子？今天要是陈东连一枝玫瑰花也不买,那生活就太没劲了。

杨梅正胡思乱想,吱哟一声响,门开了,是陈东回来了,杨梅一瞅之下,心里顿时一沉,陈东果然双手空空!

陈东却全然感觉不出杨梅的情绪,而是现出一脸的神秘和兴奋,说:"杨梅,走,带你看件稀罕物去,我保证你一定会喜欢的!"

杨梅挥挥腋下的拐杖,没好气地说:"瞧我这样子,怎么去？飞去吗？"

陈东嘻嘻笑着,说:"我背你啊,快点去,天黑就看不到了。"

一趴到陈东那宽厚的背上,一股久违了的美妙感觉立即山呼海啸般袭来,那还是热恋时,那时杨梅最爱叫陈东背着她,因为那种感觉真的太好了:爱恋、踏实、依靠……

一时间杨梅的眼泪都要出来了,忽然听得陈东的呼吸声重了起来,陈东干了一天重活,片刻工夫都没歇上,现在又背我……杨梅这么一想心疼得不得了,忙说:"累了吧?要不歇一会儿吧!"

陈东摇摇头,中气十足地说:"累什么啊,你能有多重?我这么壮,甭说你,连一头大母猪都背得起来。"

杨梅轻捶了他两下,又走了一会儿,终于在一片工地前停了下来。在把杨梅放下后,陈东喘几口粗气,又一脸得意地说:"这就是我上班的工地,告诉你,直到昨天我还不知道围墙外有这么一处美得不得了的风景呢,今天在又新砌了一层后,我站在最高处往外这么一望,乖乖,美死我了……不说了,不说了,留点悬念给你自己亲眼看看,我敢说你一定会喜欢的,现在,咱们开始爬楼!"

杨梅给陈东说得心痒痒的,便撇撇嘴说:"说得这么玄乎,能有什么好东西?"嘴上说着,身体还是一软,趴到了陈东背上。

刚爬到第二屋,突然间一阵浓烈无比的香味直扑过来,杨梅一时间身心俱爽,正要细分辨是什么香味,却听到陈东的喘气声就如同拉风箱一样粗重。

好在楼顶终于到了,满头大汗的陈东兴奋地叫道:"杨梅,快看!"

只见工地的围墙外,千万朵红艳艳的花儿正随风摇曳,一阵阵香雾直涌过来,排山倒海势不可当,一时间如梦如幻,恍若仙境——那竟是一大片玫瑰园!

耳边陈东的声音细如呓语:"我知道你喜欢浪漫,今天我本该送你一朵玫瑰花的,可是,咱们的钱实在太紧张,等将来条件好了,我再加倍补偿好不好……"

杨梅痴痴地看着、嗅着、享受着,口中喃喃说道:"我现在就很浪漫,我是全世界最幸福的人,因为你送了我一座玫瑰园!"

我们身后的人

这天晚上,晓雪再次接到闺蜜林莉的电话,林莉的声音既神秘又兴奋,说:"晓雪,快来快来,老地方见哟!"晓雪一听顿时心花怒放,满口地答应下来,因为林莉口中的"老地方"是一家光怪陆离的夜店,那儿可太刺激了,光想想就足以血脉偾张了。

可就在晓雪打扮得漂漂亮亮要出门的时候,意外发生了:老爸叫住了她。老爸黑着脸问道:"女孩子家每次玩到深更半夜像什么话?不许出去!"

晓雪头一扬,说:"我只是跟朋友在一块聊天而已嘛,怕什么?"

爸爸一听脸色更黑,喝道:"聊天?你还骗我?你以为我不知道你到哪玩吗?才多大的人就一身酒气,太过分了!"

见真相被揭穿,晓雪有点气急败坏了,尖叫道:"我已经成人了,想去哪就去哪,谁也管不了我!"

爸一听气得脸煞白浑身颤抖,瞪眼扬手要打,又停住了,吼道:"你要是敢出去,就永远不要回来!"

谁知话音一落晓雪就跑了出去,她才不怕老爸呢,不过心里还是闪过一丝不安,自己说的话太重了,不过爸过一会儿就好了。

在夜店内,两个女孩子兴奋极了,一直喝酒跳舞尖叫大笑,那些男孩子苍蝇似的围着转,感觉真的好棒!当夜深两人相互搀扶着出来时,已是跟跟跄跄。

跟林莉分手后晓雪正深一脚浅一脚地往家走,忽听得身后有脚步声,掉头一看,是两个头发染成绿色的男孩鬼鬼祟祟地跟着。这时冷风迎面一吹,晓雪发烫的大脑唰地一凉,不好,被混混儿盯上了!

晓雪吓得拔脚就跑,深夜寂静的街道上全是自己高跟鞋发出的"嗒嗒"声,不,还有身后两混混儿的脚步声。晓雪吓得魂都没了,玩命地跑,可是身后脚步声越来越近,混混儿粗重的喘息声清晰可闻,正万分危急,身后突然响起打斗声。

晓雪不敢回头,忙蜷身躲进一个阴暗的巷子内,这时身后打斗声更激烈了,几乎就在同时不远处响起警笛声,是巡警发现有人打架赶了过来,然后打斗声一下子消失了。惊魂稍定的晓雪悄悄伸头一看,两个混混儿不见了,显然他们一见警察来早溜之大吉,光光的街道上一个人也没有。晓雪长出一口气,这才发现出了一身冷汗,也不知跟混混儿打架的人是谁。

当晓雪蹑手蹑脚地回到家时,爸的房门关着,他已睡了。

只过了两天,当林莉再一次约晓雪去夜店时,晓雪犹豫了,说:"林莉,我不想去了,你知道吗,上回可危险了。"

在晓雪一五一十地讲了前天的惊险经历后,林莉却不以为然,说:"瞧你胆小的,哪能回回都碰上坏人啊,一句话,去还是不去?"

晓雪想了一下,最终还是同意了,夜店生活就像毒瘾一样,会勾人的。

两人会合后正往夜店走着,这时夜色阑珊,行人稀少,晓雪突然开口说道:"林莉,现在玩个游戏,我们躲起来,看看接下来会发生什么。"

林莉不明所以,但还是同意了,于是一眨眼的工夫两人像兔子一样躲了起来。

过了一会儿过来一个男人,可以看到这男人一脸的惊慌,一边走着一边东张西望,那样子像在寻找什么人。

黑暗中林莉惊叫起来:"是我爸!他来这里干什么?"

晓雪捂住她的嘴,神情异样地说:"不要叫,再等!"

又过了片刻,昏黄的路灯下又过来一个男人,只见那男人同林莉爸爸一样的神情,慌慌张张地走着,东张西望着,不过他的头上扎着绷带,脸上还有点青肿。

林莉再次惊讶地叫起来:"晓雪,这不是你爸吗?他怎么受伤了?"

久久不见回答,林莉回头一瞧,只见夜光下晓雪的眼睛亮晶晶的,然后晓雪缓缓说道:"是的,我爸受伤了,因为前天夜里为了保护我,他跟两个身强力壮的混混儿打了一架。"

林莉惊呆了,耳畔晓雪又说:"我这才知道,当我们在夜店疯狂时,当我们深夜一身酒气地回家时,当我们在青春期尽情叛逆时,我们的爸爸一直在身后悄悄跟着、保护着。"

林莉一下子沉默下来,半晌站起身,斩钉截铁地说:"晓雪,我要找我爸了,我爸找不见我肯定会急的,还有,以后我再也不来这鬼地方了。"

晓雪用力点点头,说:"对,以后再也不能让他们担心了,现在,我们一起追上老爸,一、二、三,追——老爸!"

世间最美的大餐

这是一家规模庞大的纺织厂,这天下班时一个车间忽起大火,大伙顿时忙作一团,一边迅速报警,一边互相查看还有没有同事没出来,就在这时听到车间内响起呼救声。

而这时火焰越发凶猛,风助火势呼呼作响,炽热的火苗从窗户口直喷出来,烤得人一步步往后退,就在这时有个人冲了进去,大伙顿时失声惊呼。

时间一分一秒地过去了,突然大伙齐声大叫,原来刚才冲进火海的那个人出来了,他还抱着一个人,那是个女孩。

大伙忙抢上前扶住两人,这才看清救人的是王得伟,而被救的是小韩。

王得伟的脸烤得通红,头发全糊了,正喘口气,小韩呻吟一声醒来了,万幸的是她没有被烧伤,是被浓烟呛晕的,只见她拼命抬起手往车间里一指。

大伙一下子明白了,不好,车间内还有人!

可这时火势大得像个张牙舞爪的魔鬼,呼啸声令人胆寒,但只迟疑了片刻就有人再次冲了进去,依旧是王得伟!

大伙拼命祈祷,然后再次失声惊呼,车间门口出现两个身影,正是王得伟抱着一个人,王得伟全身都着了火,眼看就要出来了,"轰"的一声,屋顶突然塌了下来,大伙没命地冲上去……

抢救的结果是,那个叫小林的男孩只是轻微烧伤,而王得伟走了,永远离开了他朝夕相处的同事。

王得伟是车间一名普通工人,平时沉默少言,但心肠很热,爱帮助人,所以大伙全叫他王大哥。王大哥的妻子因为体弱多病,就在离工厂不远处开了一间小面馆挣点辛苦钱,他们的儿子正上高中。

王大哥走了,死者长逝,工伤赔偿金倒是有一笔,但王大哥家境一直贫寒,这对母子以后的生计怎么办?何况王大哥的儿子将来还要上大学、买房结婚,这一切窟窿就靠这点赔偿金显然不够。

公司领导号召大家捐点钱,大家自然是热烈地响应,很快就募到了一笔捐款,但出乎所有人意料的是,那对母子坚决不收!她们说王大伟救人是理所当然的,不用回报,如果拿了这钱就有违死者的本意,所以大伙的心意她们领了,她们有手有脚,能活得下去。

所有人顿时傻了眼,这可怎么办?

就在这时大伙接到一份喜帖,是同事的结婚喜帖,这对新人不是别人,正是王大伟救下的小林和小韩,结婚时间竟就定在今天下班后!

大伙惊讶极了,这两个孩子也太草率了吧,哪有这么仓促的?而实际上两人早就向往并筹划着一场盛大的婚礼了。而更使大家惊讶的是,喜帖上竟没有注明酒店名称!

他们这是搞的什么鬼?大伙一时议论纷纷。

当下班走出车间时,大伙眼前一亮,只见车间前面的空地上站着好多人,其中就有西装革履的小林和一身雪白婚纱的小韩,还有公司领导和好多陌生人,估计是这对新人的亲人、朋友。不,还有一个人,那是一张大照片,照片上王大哥一脸快乐地笑着。

这对新人含笑向大家问好,然后小林大声说道:"谢谢大家光临我们的婚礼,这里,就是我们举办婚礼的现场!"

大伙一惊,现场顿时鸦雀无声,这时女方小韩看着已修整一新的车间,深情说道:"因为这里就是我和小林相识、相知、相爱的地方,并且是我们有幸认识王大哥的地方。"

小韩说:"更重要的是,这里是我们重生的地方,是王大哥救了我们,所以我们一致认为在这里举办婚礼最有意义。"

这对新人一起向王大哥献上鲜花,沉默片刻后,大伙轻轻鼓起掌来,好多人的眼里闪着泪花。

小韩又说:"我们两家人商量好了,我们结婚不大操大办,不收人情份子,也不请大伙吃喜酒,我们请大家吃的是——喜面!请大家以后每天早上到王大哥妻子,也就是我们的好大嫂开的面馆里吃碗面条,这样一来我们的喜气就被一天天拉长了,这就是对我们最好的祝福,也是对王大哥在天之灵的最好感谢!"

大伙再次鼓起掌来,一起说:"这个方法好,我们一定照办,从此后王大嫂的面店就是我们的家了。"

这时有位大姐沉吟着说:"这倒提醒我了,我孙子再过两天就满月了,现在我宣布,我将照小林小韩的方法办理,到时候也请大家吃喜面去,务必请大家赏脸!"

大家一起喊道:"好,我们一定去,王大嫂的面是世间最美的大餐,我们永远吃不够!"

爸妈的人生规划

这天女朋友委婉而坚决地对林昆说:"我妈说了,没有房子就不让结婚,林昆,我也没有办法,你看着办吧!"

林昆傻了,左思右想之下只有一个办法:向远在农村的爸妈求援。从小到大爸妈总是百求百应,在林昆的心目中他们就像一棵遮风避雨的大树,可这回难度太大了,这可是一笔巨款啊,爸妈能给一点是一点吧。

谁知爸妈一听就痛快地答应了,然后没多长时间就寄来了相当可观的一笔钱。林昆高兴得差点跳上天,立即拿这钱加上自己工作后攒的钱交了首付,这么着天大的难题一下子解决了。

当兴奋劲过了后林昆想起一件事来:这么大的一笔钱,爸妈是从哪弄来的?

于是打电话回家,爸听了笑呵呵地回答说:"哪来的?难不成还是我们偷的?当然是我们这大半辈子攒下的了,当然,也跟亲戚朋友借了点,不过你放心,我们种了好多田,不长时间就能还上的。"林昆听了有点惊讶,爸妈一辈子土里刨食,能攒下这么多钱?

时间飞快,一晃过年了,林昆高高兴兴地回到老家,这次回来一是过年团聚,二是跟爸妈商量举办婚礼的一些具体细节,顺便让爸妈再想办法弄点钱,结婚需要花钱的地方太多了。可当踏上魂牵梦绕的故土后,他一下子惊呆了。

他发现自家的老宅子换了主人,那是怎样舒适的一幢老宅子啊,是爸妈费了大半辈子心血才挣起来的家园,高高大大的屋子、宽宽敞敞的院子,妈还在院子一角栽下了桂花树,每逢金秋时节,院内院外一片浓香,爸最爱在桂花树下半躺着一脸惬意地喝茶,可现在……

在村子一角,林昆找到了新家,那是两间小小的低矮的房子。

林昆一下子明白过来爸妈寄给自己的钱是哪来的了,可还没等他伤心难过,爸先心满意足地笑了,神气地一挥手,像干部做报告一样,大声说:"房子卖了有什么嘛,你不知道我和你妈高兴得很呢,因为我们已胜利完成了我们所有的人生规划!"

爸妈还有人生规划?

见林昆惊讶的样子,爸笑呵呵地拿出一张纸片递过来,说:"难道我们农村人就不配有人生规划吗?告诉你,早在我们结婚的时候经过反复磋商,就定下这个了。"

林昆接过来,只见纸上的字工工整整、笔笔用力,是爸的笔迹,写的是:一、时时刻刻爱护孩子,让孩子平平安安地长大;二、认真教育孩子,让孩子成为一个有水平有善心的人;三、在孩子长大后,在经济上尽我们所能帮助孩子成家立业。

爸说:"昆,我们能力有限,能做到这三条也就足够了,至于你在工作上的事,还有找对象结婚的事,我们就帮不上忙了。现在这三条已全部做到,你说我们高兴不高兴?我们的人生完美不完美?"

林昆拿着纸片的手轻轻地颤抖起来,泪光中纸片上的字泛出一片光芒,说:"爸、妈,我要跟你们学习,也要制订一个人生

规划。"

林昆掏出笔,认认真真、神情肃穆地写了起来,像在写下一个宏誓大愿:二、时时刻刻爱护孩子,让孩子平平安安地长大;三、认真教育孩子,让孩子成为一个有水平有善心的人;四、在孩子长大后,在经济上尽我们所能帮助孩子成家立业。

爸妈一起笑了起来,说:"昆,你这人生规划跟我们一模一样嘛,还大学生,怎么一点新意都没有?不对,怎么没有第一条?"

林昆说:"爸、妈,你们的人生规划只考虑了我,却把你们自己忘记了、全忘记了,现在我必须补上,幸亏还来得及!"

于是林昆一笔一画地补上第一条:一、及时孝顺爸妈,让他们幸福地度过晚年。

同　学　会

韩磊升了职,自然是喜事一件,同学们纷纷打来电话祝贺他,并闹着要请客。韩磊是个爽快人,当即决定:办场同学会热闹一下,地点就在自己家里,这样一来更显得亲热。

接下来韩磊夫妻俩开始商量请哪些同学,不大工夫就敲定了人选,一共十位,然后是买酒买菜、洗涮烧炖,忙得不亦乐乎。

晚上,约请的同学全来了,酒美菜香,同窗之谊更是情深义重,大伙边吃边聊,谈笑风生,回忆起同窗时的件件趣事,许诺"苟富贵,莫相忘",日后要互相帮助提携,等等。不知不觉中韩磊两口子都有些醉了,同学们酒也喝多了,天色已晚,便心满意足地纷纷告辞。当送走同学后,韩磊两口子再也抵不住阵阵酒意,倒头就睡。

不知过了多久,韩磊被呛醒了,一边禁不住大咳,一边吃力地睁开眼一看,顿时魂飞魄散:只见室内浓烟滚滚,同时厨房里火光直逼过来。不好,着火了,也不知是煤气忘了关,还是电路破损引发了火灾。

这时妻子也醒了,两口子吓得胆都破了,没命地往外冲,可是已经迟了,火光和浓烟封锁了出路,慌乱之下怎么也摸不到门把手。又是一阵浓烟袭来,韩磊一口气回不过来,眼前一黑倒在了地上,跟他一起倒下的还有妻子……

不知过了多久,随着呻吟声,韩磊醒来了,随即一股浓烈的福尔马林味道直冲鼻子,睁眼一看,竟在医院内,没错,不是地狱,真的是医院,原来没有死,此刻医院就是天堂啊!

妻子也醒来了,她躺在另一张病床上,两口子除了呼吸道被呛伤,并无大碍。

这时医生一指邻床,说:"你们两口子能活下来全亏了人家,他当时正好从你家门口路过,一发现火光立即报警,同时撬开门救出你们俩,要是再过两分钟,你们不被烧死也被呛死了,不过人家倒是受了一点伤。"

韩磊两口子一听连忙挣扎着下床,来到邻床面前,说:"恩人,谢谢你……"

那恩人胳膊包扎着,显然被烧伤了,此刻正躺着输液,一听韩磊两口子这么客气,忙抬起头说:"谢什么嘛,见死不救还是个人吗?"

韩磊和恩人四目相对，忽然一起惊叫起来："是你，老同学！"

原来恩人竟也是韩磊的老同学。

事情的经过是这样的：这位老同学如今混得相当落魄，靠蹬三轮车为生，昨天夜里从车站接了客人回来，从韩磊家经过时恰好发现了火情。

韩磊两口子一时面面相觑，实际上昨天白天约请老同学吃饭时，也想到了眼前这位，可是他们跳过了他，因为他混得不好，所以最终约请的都是一些有实权的目前用得着的同学，或者虽暂时用不着，但有潜力有发展前景的同学。

韩磊的脸上发烫，朝病床上一脸憨厚的老同学深深鞠了一躬，说："惭愧，惭愧啊！"

面 对 灾 难

万平是位优秀的外科大夫，领导已决定不久就提升他，还有，婚期越来越近了，真可谓喜事连连，不用说他整天都沉浸在喜悦之中。

这天，在成功地为一个小男孩做完肠粘连手术后回到家，万平正在自家阳台上悠然自得地喝茶休息，门被打开了，是行色匆匆的未婚妻晓虹，晓虹也是他刚才做手术时的护士。只见晓虹脸色苍白，神情十分紧张地说："万平，出事了，刚才的手术结束后我检查器械时，发现少了一只棉球！"

万平一听,头"嗡"的一声就炸了,难道棉球落在病人肚里没取出来?这可是一起不大不小的医疗事故!

万平一时头晕得厉害,他忙强自定了定神,急促地问:"这事除了你还有谁知道?"

晓虹摇摇头,说:"我暂时没有说出去,万平,赶快向领导主动汇报吧,还有,向病人道歉,并立即采取补救措施……"

万平一听惊恐地大叫起来:"那样一来我就完了,我的声誉、提升、前途,一切全完了,你懂吗?"

晓虹睁大眼睛,似乎不相信万平会说出这样的话,然后苦苦地说:"可是,越拖下去病人就越受罪,再说,瞒得了一时瞒不了一世啊,万平,我不能眼看着病人包括你都受到伤害,我得向领导汇报!"

晓虹说着转身就走,恐惧至极的万平一跃而起,死死拉住她哀求道:"你不能去,你会害死我的……"

晓虹真生气了,用力想挣脱他,万平说什么也不松手,两人当下纠缠起来。见晓虹铁了心要走,万平的眼都红了,情急之下不知怎的双手狠命一推,只听"唉啊"一声,晓虹竟踉踉跄跄直跌出阳台。

这是两人的新房,还没来得及装修,低矮的阳台还没封……

有路人报了警。

在看守所里一位同事来看万平,同事十分惋惜地说:"告诉我,到底发生什么事了?你怎么会把晓虹推下楼的?幸亏是在二楼,楼下又是草地,晓虹只是摔断了腿,否则后果不堪设想!"

万平眼神涣散,面容枯槁,茫然地摇了摇头,一切要是一场梦该多好啊!这时同事又说:"对了,忘了告诉你一件事,你主刀的那个小病人可真调皮,在他从昏迷中醒来后,他的家人发现他手心里竟紧紧握着一样东西,你猜是什么？一只棉球！也不知道他是什么时候握着的,或许是在手术台上打了麻药后无意中胡乱抓在手心的……"

万平一听一下子蹦了起来,轻盈得能飞起来,这时同事又从口袋里拿出一样东西,那是一个精美的首饰盒,看着很眼熟。同事不敢看他的眼睛,掉过脸语气沉痛地说:"这是晓虹让我转交给你的……她很伤心!"

万平给当头倒了一盆冰水,嘴唇咬得鲜血直流。他打开盒子,里面是一只亮晶晶的钻戒,他忘不了把这枚钻戒戴在晓虹那修长的手指上时心中无比的甜蜜。

还有一张纸条,是晓虹的字,纸上泪痕斑斑:万平,要是将来面对突如其来的灾难,我们还能坚守得住那份人性的光辉吗？我们还能相互搀扶着做出无愧的抉择吗？我真怀疑。

妻子的心愿

梁昆的妻子得了绝症,身体越来越不行了,可她的脸上却越来越露出若有所思的样子,梁昆忙问妻子还有什么未了的心愿,妻子却扭过头,不肯说。

分手时刻终于无情地降临了,妻子叫过梁昆,未曾开口,脸上却先堆满了尴尬和不安,好像下定了天大的决心,气若游丝地说道:"梁昆,有件事要请你原谅我……我有一个好友,在我生病后他一直默默关心着我……"

梁昆的心往下一沉,妻子心中竟还牵挂着其他男人?

妻子小心翼翼地瞧着他的脸色,挣扎着又说:"为了让这位朋友心安,我让花店每星期送朵花去,以示平安。现在我要走了,我不想他为我难过,所以想瞒着他,老公,你能为我继续送花过去吗?还有,你不要打探他是谁,好不好?给,这是他的情况。"妻子说着伸出骨瘦如柴的手,从枕头下艰难地摸出一张纸片,上面写着地址和那个人的名字:金中。

自己如此爱着妻子,想不到……梁昆一时间心乱如麻,什么滋味都有,忽然一抬头,斩钉截铁地说:"行,我一定办到,你放心……"

妻子苍白的脸上浮现出最后一丝笑容,深情地说:"亲爱的,嫁给你是我一生最大的幸福,我没看错人,我先走了,你会幸福的……"

安葬下妻子后,梁昆身心满是疮伤,可没忘了妻子的心愿,说实话他曾经是那么的痛苦,但还是应承下来,因为爱她,他不忍她带着遗憾离去。

岁月流逝,眨眼间一年过去了,在这一年内梁昆坚持每星期送朵花,可一直不知金中是谁,他不是没想过见见这人的真容,但随即否决了这个想法,这是妻子的秘密,他答应不说破的。

慢慢地,一个叫晓琳的女人走进了他的生活,晓琳离过婚,是妻子生前密友。以前妻子在时梁昆自然只当她是普通朋友,在妻子生病期间及死后诸事中,两人接触的次数渐渐地多了起来,直至现在让梁昆颇为心动,可是她会接受自己吗?

这天梁昆终于鼓足勇气向晓琳表白了心迹,晓琳一听脸色绯红,梁昆的心里正七上八下的,晓琳开口了:"梁昆,你跟我来。"

梁昆不知道接下来会发生什么,忙跟着她走,很快两人来到一个小区内,梁昆忽然莫名其妙地一惊,这小区虽从没来过,但名字好熟悉……

当晓琳掏出钥匙打开门的时候,梁昆终于惊叫起来:想起来了,这小区、这间房子不就是妻子临终前交给自己的地址吗? 这么说自己来到了那个叫"金中"的家里。

晓琳看着梁昆,意味深长地说:"你没说错,一年来你妻子让你送花的人,不是别人,正是我——我就是金中!"

梁昆瞠目结舌,说不出话来,晓琳姓钟,"钟"字拆开可不就是"金、中"两字吗?

妻子和晓琳这是摆的什么迷魂阵?

只见晓琳又说:"你妻子、我密友临终前向我郑重推荐了你,她说你是个值得托付的好男人,可那时我刚刚离过婚,对爱情婚姻有心理阴影,前任丈夫的自私和猥琐伤透了我的心,见我犹豫,我那密友便想出了这一招……这一年的经历证明她的话是对的,你是个宽宏大度、有责任心的男人……"

梁昆至此恍然大悟,急切地问道:"那我们的事?"

晓琳娇羞不胜,说:"我都接收你一年的花了……"

看着晓琳深情的样子,想着死去妻子的良苦用心,梁昆再也忍不住热泪奔流,难怪你说我会幸福的,亲爱的,我永远想念你!

侮　辱

庞海龙手头上有一家公司,生意蛮红火的,这天听说有一户居民生活十分困难,顿时起了恻隐之心,当即开着车带着油啊米的过来了。

这户居民叫韩大江,妻子生了重病,儿子又正上高中,他自己零零星星地做些木工活,生活不用说分外贫困,现在一见庞海龙送上这么多东西,自然是感谢不尽。这时庞海龙又说:"老韩,以后我会每月过来一趟的,除了油啊米的,我还会资助你一点钱,不过我有个条件。"

老韩听了忙问什么条件,庞海龙笑着说:"以后每次我来看你的时候,你得当着电视台记者的面跟我吃顿饭,吃饭时你必须现出一副狼吞虎咽的样子。"

老韩再笨也明白了:让自己狼吞虎咽,只是为了表明他韩大江很饿、很需要营养,庞海龙的资助是雪中送炭。庞海龙这样做,是在献爱心之余借机宣传他自己,从而提高他公司的声望。

可是家中很需要这样的资助啊……老韩愣怔了片刻后,同意了。

到了第二个月,庞海龙果然又来了,在摄像机的拍摄下,庞海龙笑容满面地递上钱、油、米,又递过一个大大的食盒,打开,里面是一份油汪汪的红烧肉、一份更油汪汪的红烧肘子,还有两大碗

白米饭。然后这边庞海龙小口吃,而对面韩大江快活地大口吃着,满足地笑着。

接下来的每个月,一直如此。当到了第八个月时,庞海龙照例来了,可韩大江把他拉到一旁,背着记者小声说:"庞老板,这个,我办了一家小小的工厂,手头有点钱了,所以不需要你的资助了,你把爱心献给更需要的人吧……"

却见庞海龙一脸惊恐地打断韩大江,说:"老韩,我现在骑虎难下了,现在都在关注这事,大伙都在较劲我到底能资助你多长时间……好吧,我说实话吧,我公司出现财务危机了,实际上我已资助不起你了,可越是这样我越要硬着头皮干下去,否则人家很快就会嗅到什么,那样的话我的公司死得更快……韩大哥,这回算是我求你了!"

老韩听了犹豫片刻,同意了,毕竟人家曾帮助不小,然后在摄像机下再次大口吞咽下红烧肉、红烧肘子,可一等拍摄完毕他就跑到一边狂呕起来。

但即使这样还是不能挽回庞海龙的命运,当又苦苦支撑了三个月后,公司破产了。

转眼间庞海龙不仅身无分文,而且负债累累,他必须立即找到工作。

可他曾经是多么骄傲的一个人啊,他又怎能放下身段在熟人的手底下讨碗饭吃?于是专在那些不起眼的小公司门口打转,在无数次碰壁后,一家木器加工厂终于同意招收他。

可是,当签合同的时候庞海龙傻了,老板竟是韩大江!

庞海龙转身就走,身后韩大江开口了:"做管理人员,月薪四千,年底分红,肯不肯?"

庞海龙一下子停住了脚,待遇绝对可以了,自己岁数不小了,还想什么？家中老婆孩子可正嗷嗷待哺呢,此时饭碗已远胜过自尊了。

于是庞海龙面皮发烫,回过身坐下了。

韩大江又说:"可我有个条件。"

庞海龙浑身一震,低声说:"什么条件？你……请讲！"

韩大江脸上似笑非笑:"每个月你必须让我登你的门一次,以示送温暖,然后在电视台记者的拍摄下,你吃掉一份油汪汪的红烧肉,一份更油汪汪的红烧肘子,而且必须狼吞虎咽。同意吗？"

庞海龙痛苦地闭起眼睛,颤着声音说道:"我……同意！"

"可我不同意！"

韩大江忽然高叫起来,说:"我是逗你的,只是想让你凭空体验一下被月月侮辱的滋味而已！献爱心,我们本可以有更好的方法,你说是吗？"

咱当兵的人

星期天,韩仁家来了一位客人,竟是多年不见的好友梁东,梁东当兵退伍后就在外地工作,这次是回来探亲的,顺便来见见老朋友。

一晃的工夫饭点到了,韩仁热情地邀请梁东到饭店吃饭,老婆加班不回来，便又喊上儿子小飞。两大人一小孩正在街上走着，忽听到前面响起阵阵喧哗声，随即听到前面忽然有个女声尖利地大叫起来："抓贼，抓贼啊！"

三个人的头一抬，不好，有个瘦猴正迎面跑过来，后面一个女人跌跌撞撞地追着，有路人准备上前拦截，那瘦猴竟掏出一柄锋利的尖刀气急败坏地挥舞起来，吓得众人忙不迭地躲闪。

眼看瘦猴就要逃脱，小飞的心都提到了嗓子眼，转脸看梁东，梁东一脸的无所谓，甚至还往后让，小飞的眼神一下子黯淡下来。就在这时眼一花，有人冲了上去，猛地飞起一脚，正蹬在瘦猴的肋骨上，瘦猴"唉哟"一声摔倒在地，但一转眼又像弹簧一样蹦了起来，挥刀就刺蹬他的人，那人毫不畏惧，空手赤拳和瘦猴泼命厮打起来。

众人一时吓傻了，寒光闪闪中那人忽然低低地一声叫，随即一个踉跄，不好，他左膀子被瘦猴刺中了，鲜血顿时狂涌出来，众人齐齐惊呼一声，早有人抖着手拨打了"110"。

可受伤的人毫不退却，继续厮打着，但受伤的左膀子很快用不上力了，眼看险象环生，就在千钧一发之际，又有个男人冲上前，趁瘦猴的注意力被受伤的人吸引住，猛地一把攥住了他持刀的手。

然后两个男人一起用力，终于夺下了瘦猴手中的刀，又死死摁住他，这时警察赶到了，救护车也赶到了，是路人见有人受伤打的电话。

吓得不轻的小飞这才回过神来，忙上前先对第二个男人说："爸，你真棒！"

又对受伤的男人说："叔叔，你更棒！"

两个男人,也就是韩仁和梁东一起笑了起来,梁东一边接受医生的治疗,一边问韩仁:"我说,你怎么敢上前搏斗?"

韩仁有点难为情地一笑:"你受伤了都不怕,我要是再不上前,只怕我儿子会永远瞧不起我,我可不想被他看成胆小鬼。对了,我也正要问你这个问题呢,刚才那么危险,甚至有生命之忧,你怎么敢上前的?不怕危险吗?"

梁东一听沉默了,然后伸手一摸小飞的头,小飞躲也不躲,一脸崇拜之色看着梁东。

梁东说:"跟你一样,因为有小飞在身边,因为小飞看我的眼光。当我们先前在家里聊天时,小飞偷偷听我们的谈话,我注意到他看我的眼光内全是崇拜之色,我懂,那是因为我当过兵,男孩子全有一种当兵的情结。可是,当一开始我们遇上小偷躲得远远时,小飞看我的眼神一下子全变了,他变得闷闷不乐、怀疑,甚至有一点鄙视我。小飞,是不是?"

小飞一听挠挠头,又点点头,不好意思地笑了,说:"我当时可失望了,还亏叔叔当过兵呢,怎么这么胆小?"

梁东眼里闪过坚毅的光,感慨地说:"当我突然明白这点后,一时间只恨地上没条缝,惭愧啊,我差点亲手摧毁了一个男孩子对军人的向往。实际上我之所以一开始不想出手并不是因为害怕,而是以前因为多事而惹火上身,但今天我不能躲了,我是当过兵的人,无论如何都不能丢了咱军人的脸!"

小飞认真听着,然后仰起小脸,一脸憧憬地说:"叔叔,等我长大后也要当兵,当跟你一样的最勇敢的兵!"

母亲的心愿

妈妈一直以来有个心愿,看回大海。可肖静一直抽不出空来,最近终于有空了,她当即带着妈妈直奔大海。

经过一番交涉,一个浑身黝黑的老渔父答应带她们娘儿俩出海,不过老渔父看看天色有点担心,说:"说不定过一会儿海上会起风浪,你们娘儿俩吃得消吗?"

肖静还没回答,妈抢先问道:"会不会有危险?"

老渔父一脸的笃定,说:"如果有危险,即使你给我一座金山我也不会出海的,我只是怕风浪来时你们娘儿俩会晕船,那滋味很难受……"

妈意气风发地回答道:"那就行,请立即出海,至于风浪,我们什么也不怕,我们今天来就是要经历风浪的。"

老渔父立即发动马达,小小的船儿"突突突"地向深海驶去,只见大海极远处水天相接,海水真的如蓝色水晶样可爱至极,使人忍不住想融化在海里。

娘儿俩正欣赏着,老渔父脸色忽一变:"不好,天色变了,风要来了,回头!"

肖静抬头一看,天边果然有黑云翻腾,顿时有点胆颤,说:"妈,不玩了,你的心愿也算完成了,咱们回头吧!"

妈还想看海,可一看宝贝女儿一副如临大敌的样子,只好点点头,说:"行,回头!"

老渔父当即扔过两件救生衣让她们穿好,然后发动马达,在娘儿俩快乐的歌声中,返航啦!

谁知只开了一会儿,头顶就一下子暗了下来,转瞬间风声呼呼大作,这还不是最可怕的,最可怕的是前一秒钟还平静如镜的海面突然涌动起来,那上下翻动的尺度大得吓死人,好像海底有无数只怪兽在拼命搅动一样,一叶小舟顿时在波峰波谷间上下起伏起来。

老渔父倒是淡定,在风声浪声中吼声:"别怕,坐稳了就行!"一边巧妙扳动舵把在风浪中穿行,可是他说得轻巧,那娘儿俩可就受大罪了,觉得整个天地都倒转过来,头晕得难受,眼睛都不敢睁,死命抱在一起蜷缩在船舱一角。又坚持一会儿,不行了,娘俩开始呕吐起来,直吐得胆汁都出来了,可还是干吐,心里那难受劲就甭提了。

可风浪不仅没小,反而更大了,小小的船儿就像片树叶激烈地漂荡,肖静只是吐,可妈妈脸色蜡黄,几乎失去了意识。肖静吓坏了,抱着妈妈拼命大哭:"妈,你不要吓我啊,我还没有孝敬你呢,妈……"

就在这时老渔父叫道:"哭什么哭嘛,到岸了。"

肖静一听惊喜地一抬头,真的,不知什么时候竟然靠岸了,一副风平浪静的样子,像是什么事也没有发生,大海真是奇怪。

这时老渔父双眼紧盯着肖静的妈又说了一句:"你身体太弱了,我从没见过晕船有这么厉害的。"

回到家,肖静突然发现妈的样子很不好,一副气若游丝的样子,心顿时一凉,正张罗着去医院,妈艰难地睁开了眼睛,微笑着说:"不用了,妈估计不行了!"

就像头顶炸了个惊雷,肖静一下子蒙了,还不敢相信,妈指指抽屉,里面有一本旧诊断书:竟是绝症!

妈又指指另一个抽屉,里面有一本泛黄的日记本,肖静再一看,日记不是妈妈的,是自己小时候的!

日记本其中一页被妈夹了书签,打开一看,只见日记题目叫《我的心愿》,肖静一个字一个字地读着,心中电闪雷鸣:原来自己小时候曾发下宏誓大愿,长大后一定要带着妈看回大海!

原来这是我的,而不是妈妈的心愿!

妈说:"静,我时日不多了,我怕我走后你看到日记会后悔伤心,所以决定帮你完成这个心愿……"

肖静泪如雨下:原来陪同至爱亲人的日子看似还多,实质随时都会消失。妈,别走,别走啊,我们从头再来好不好?

最 后 一 课

教授德高望重,诲人不倦,今天要给即将毕业的新闻系学生上最后一课,同学们一致要求道:"教授,结合您人生经验,送我们一句临别赠言吧!"

一向严峻的教授微笑起来,说:"行,不过我要构思一下,在我构思期间,请同学们先在一张小纸条上写下一句话,内容是对我和你们相伴几年来的一个评价,我要看看我在你们心目中到底是一个什么样的人。"

不大工夫教授就收上一叠厚厚的纸条,然后他一张张地看起来,一边看一边含笑点头,说:"同学们对我真是太客气、太褒奖了,受之有愧啊……啊,这是谁写的?"

原本笑吟吟的教授突然间满面通红,怒不可遏,握着纸条的手猛烈颤动起来,同学们一下子愣住了,发生什么了?

只听得教授怒气冲冲地读道:"你是个不学无术、空有虚名的伪君子!"

同学们大吃一惊,空气都要凝固了,这是谁写的?也太恶毒了!

"啪"的一声响,教授把那张纸条重重拍在讲台上,叫道:"写的人有胆量就站出来,暗箭伤人算什么好汉!"

时间一分一秒地过去了,同学们面面相觑,没有人站出来。眼看着教授的愤怒就要到达顶点,作雷霆之怒了,有人忽然放声大笑起来,笑的人正是教授。

教授把那张纸条递给一位同学,满面春风地说:"请你读一下!"

那同学一脸吃惊地接过那张惹祸的纸条,战战兢兢地读了起来:"教授,您的博学和睿智像盏明灯,将指引我前进的方向!"

这是怎么回事?跟刚才教授所"读"完全两码事嘛。

教授慨然说:"我故意误读了这则'新闻',使我倍感遗憾的是,在我佯装震怒时,没有人查看这张纸条,实际上只要上前一小步,哪怕是只看一眼,一切就真相大白了。你们为什么做不到这点?很简单,因为我是你们的老师,是领导,是一贯正确的权势力量,所以你们相信我,即使有一刹那的怀疑,也不敢探究下去。"

教授最后目光炯炯地说:"在此,我要送给你们的临别赠言就是——永远不要盲从于、更不能屈服于权势,探寻并大胆揭露真相,是我们新闻人永远的天职!"

在教授铿锵有力的话语结束几秒钟后,教室内响起雷鸣般的掌声。

报　　答

杨老板是位慈善人士,一直资助着五个贫困孩子的上学费用,把他们从小学一直送到高三。其实说是老板,他的生意做得并不算大,最近更是力不从心,因为他的母亲生了场大病,花费颇大,而身体并没有完全治愈。

就在杨老板犹豫要不要继续汇款给孩子们时,曾为老师的母亲发话了:"儿子,好事做到底,你就继续帮他们一把吧,现在是他们人生的关键时候,可不能掉链子。"

杨老板委屈地说:"妈,我一直听您的话,可是,现在咱家遇到这么大的困难,可说是泥菩萨过河,自身都难保啦,再说了,将来这些孩子记不记得我们还说不定呢。"

母亲一听有点生气了,说:"难道你做好事就指望着日后有回报吗?儿子,你记住,善行是出于内心深处的高尚行为,而不是用来放高利贷的。这样吧,儿子,你给妈一个痛快话,到底帮不帮孩子们?不帮的话,妈来帮,幸亏妈还有点退休金。"

杨老板被母亲的一番话说得面红耳赤,忙不迭地说:"帮、帮,我帮还不行吗?"

回过头杨老板就汇了款,并给每个孩子写了一封信,说明迟迟汇款的原因,请求孩子们的谅解。

一晃高考过了,一晃进入了暑假,就在这时杨老板先后收到五封信,正是那五个孩子写来的。

那五封信说得确切些,是喜报,原来五个孩子全部考上了大学,而且,他们不约而同地选择了医学院。

孩子们在信中说的意思几乎差不多:尊敬的杨叔叔,听说您的情况后我很担心、感动,我现在没有能力回报您和奶奶,唯有报考医学院,这样子等我毕业后就可以为奶奶的健康做一些贡献了。但愿奶奶能活到我掌握知识的那一天,一定的,好人一生都会平安的。

母亲见儿子一边读信一边抹泪水,忍不住惊问道:"儿子,孩子们信中都说了些什么?"

杨老板哽咽着说:"孩子们要报答我们,他们的回报……真的太丰厚了!"

老鞋匠和小乞丐

老鞋匠的修鞋摊风风雨雨中摆了几十年,这天摊位前来了一个十二三岁的小乞丐,伸出脏兮兮的小手要钱。老鞋匠皱起眉头问道："我说你怎么不上学啊？"

小乞丐低下头不吱声，老鞋匠仔细打量他，发现小乞丐眉清目秀，便说："要不你跟我学修鞋吧，这手艺虽说发不了财，但至少能吃饱饭穿暖衣，否则小小年纪就做这种没出息没自尊的事，一辈子就完了。孩子，你愿意的话就喊我一声爷爷，从此以后再也不许干要饭这种丢人的行当，行不行？不愿意的话，我不强求。"

小乞丐的眼睛一下子明亮得像天上的星星，张开口清清爽爽地叫了一声："爷爷！"

这一声"爷爷"差点叫出老鞋匠的眼泪来，老鞋匠孤身一辈子没个亲人，如今，竟有个孙子了！

日子一天天过去了，小乞丐一身新衣越发衬得脸色红润起来，老鞋匠慢慢掏出了小乞丐的口风，原来爸妈全死了，家里没有亲人了，他这才流浪街头。使老鞋匠暗暗高兴的是，小乞丐学手艺很有悟性，看得出是个千灵百巧的孩子。这样的孩子不上学而是学修鞋，真是作孽啊！老鞋匠长叹一声，可是……

天有不测风云，老鞋匠受了风寒病倒了，望着家徒四壁的小屋，老鞋匠躺在床上一脸忧愁，说："孩子，我这一病不仅挣不到钱，还要花钱抓药，可家里一点余钱也没有，真是逼死人了，要不你还是走吧，我养活不了你了。"

谁知小乞丐一边用小手给他擦眼泪，一边用稚嫩却又分外成熟的口吻说："爷爷，我才舍不得丢下你呢，我要自己摆鞋摊挣大钱，不是吹大牛，爷爷的手艺我已经全部学会了。"

从此以后小乞丐真的独自摆起了鞋摊，他用每天修鞋挣到的钱给老鞋匠买药买米。每当看到小乞丐吃力地挑起鞋摊一晃一晃地走远时,老鞋匠的心如同刀绞一样,捶着心口说:"真是作孽啊,老天爷,你就快些让我好起来吧!"

病来如山倒,病去如抽丝,老鞋匠这一病就是一个多月,当他终于能站起身时,第一件事就是找小乞丐,他要立即让可怜的孩子歇一下。可是,使他吃惊的是,几十年来他一直摆摊的老地方没有见到小乞丐,他到哪里了?

老鞋匠正着急,正好遇上一位老顾客,老顾客告诉他,因为创建文明城市,所有流动摊位早就不让摆了。老鞋匠大惊,问道:"那你知道我孙子又是在哪里摆的摊呢?"

那老顾客支吾起来,不肯说,老鞋匠急得拉着人家苦苦哀求,那老顾客实在没法了,说:"你到钟楼底下一看就知道了。"

老顾客的表情突然使老鞋匠心里产生出一个不好的预感,当他跌跌撞撞地走到钟楼底下时顿时惊呆了:只见小乞丐把修鞋摊子丢在一旁,自己正跪在地上跟人要钱——他又做回了乞丐!

见老鞋匠满面怒气地突然出现在面前,小乞丐吓得脸都白了,胆怯地说:"爷爷,你不要生气,不要撵我走好不好?他们不让摆鞋摊子,我人又小,人家工厂、饭店都不肯要,我实在挣不到钱才干这个的……"

老鞋匠惊呆了,一把将瘦弱的孩子死死地搂在怀里,老泪纵横地说:"爷爷不怪你,都是爷爷害了你……咱这就回家,告诉你,爷爷有钱,几十年下来真的攒了些钱,从明天起你就上学,一天也不许耽搁,你要上高中、上大学,将来做个有出息的人!爷爷以前不让你上学,是怕为你花光了钱,而你将来扔下爷爷不管,好孩子,爷爷糊涂啊!"

夏 日 温 情

凌哥把学校大门旁的一间门市租下来开了一家小小的书店,向学生们租书卖书。暑假到了,凌哥发现每天都有一个小女孩来看书,那小女孩衣着过时,甚至说得上寒酸,发育得也像个豆芽菜似的,她只看不租,更不用说买了。

慢慢地,凌哥发现小女孩看他的眼光怯怯的,凌哥略想一下就明白了:小女孩因为白蹭书看而感到难为情,这是个敏感而自尊的女孩儿。可是,当她一书在握的时候整个人都变了,目光专注痴迷,有时发出异样的光芒来。凌哥悄悄留意了一下她看的书,是《格林童话》《一千零一夜》之类的书,难怪如此陶醉。

这天上午书店里没有顾客,凌哥正整理着书架,小女孩又来了,先是怯怯地看了凌哥一眼,然后沿着墙角悄没声地溜了进来。这时凌哥开口了:"你叫什么名字?"

小女孩一听之下像受惊的小鹿一样,大眼睛里全是害怕,蚊子似的小声地回答:"我叫兰芽。"

凌哥在心里轻叹一声:果真是苦水里泡大的芽儿!嘴里却正儿八经地说:"兰芽,我跟你说件事,在这暑假里你能帮我一个忙吗?"

兰芽的眼里满是吃惊,仰起小脸问:"当然行了,可我能帮你什么忙呢?"

凌哥说:"你看,小朋友们每次来租书买书,总是把书翻得乱七八糟的,还常常放错位置,我一个人还真忙不过来,所以我想请你帮我天天整理整理书籍,把每一本迷路的书带回它们各自的家,可以吗?至于工资嘛……"

兰芽一听兴奋得脸上都放出光来,急切地摇着手说:"我不要工资的,只要……你让我看书就行了。"

凌哥早就猜到兰芽会这么说,便说:"OK,兰芽,现在起咱们就算正式上班了。"然后他简单说了一下少儿作文、少儿文学、世界名著等各类书的摆放位置,兰芽立即领会了,并飞快地干了起来,一会儿她就兴奋地告诉凌哥,她找到了好几本迷途的书。凌哥也很高兴,说:"行了,现在你可以看书了。"

于是,小小的兰芽就静静地坐在书店一角,大大方方、快快乐乐地享受她的《汤姆历险记》了。

接下来,兰芽每天总能找出几本摆错位置的书,然后像只安静的猫儿一样看书,可是时光飞快,一晃宁静的夏日就要过去了,兰芽要开学了。

这天早上,兰芽在收拾完书后,那双大眼睛看上去颇为忧伤,说:"明天我就要上学了,我就没有时间来为你收拾书了。"

凌哥使劲地压制着情绪,说:"兰芽,实际上我也正要告诉你一个不好的消息,书店明天就要关门了,因为它要拆迁了,而我也将外出寻找新的工作。给,这是我给你的报酬,这是你应得的,因为你付出的太多了,我可不能剥削童工。"凌哥说着递给兰芽一个沉甸甸的新书包。

兰芽的小脸一下子涨红了,慌乱地摇着头,说什么也不肯要,可当凌哥打开书包时她的目光一下子亮了,因为书包里装的是一些她还没来得及看的崭新的书——《上下五千年》《安徒生童话》,这些散发着浓浓书香的神奇的书永远像磁铁一样,会牢牢俘获每一个孩子的心。

一晃过去了好多年,这天凌哥在一本杂志上忽然看到一篇文笔隽永的文章,讲述的正是发生在那年月那个暑假里的事。文章最后说:"我一直小心珍藏着那几本书,现在回想起来才恍然大悟,我当年的付出根本不值那么多,实际上也就是把书归归类而已,大哥哥完全有时间自己做到的,可他偏要我做,他是为了让我心安理得地看书,是春风化雨般的滋润。"

作者:兰芽。

最小气的人

九月份,天格外高远,空气格外凉爽,而我格外兴奋,因为我和爸爸生平第一次来到了一座大城市里,我是来上大学的,爸爸是来送我的。

忙忙碌碌安定下来后天已晚了,爸却要坐火车连夜回去,我一听就明白了爸的心思:爸是舍不得住宿钱。爸一直就是一个十分小气的人,平日里恨不得把一分钱掰成两半花。

当爸匆匆走后我忽然担心起来:这时爸还会买到火车票吗?万一买不到票爸又住哪里呢?

想到这点我再也坐不住,立即动身直奔火车站,然后在候车室大门口的台阶上我一眼就看到了爸,他正孤伶伶地坐在台阶上,一边大口大口、有滋有味地啃着一个馒头。

见我来爸先是一愣,然后一脸尴尬地笑了笑,说:"火车票是明天早上八点的,我反正睡不着,所以就不住旅馆了,就在这坐坐,这里蛮干净的。"

我默默地在爸身边坐了下来,爷儿俩一时不说话,只顾抬头看天,天上有几颗星星发出暗淡的光,一副没精打采的样子。

我说:"这星星没有咱家乡的亮。"

爸用力点点头,说:"可是咱家乡没有人家城里有钱,你看人家这高楼、这大马路,把爸的眼都看花了,所以爸让你上大学是做对了。"

我知道爸这句话的含义,当我接到大学录取通知书时村里人曾劝过爸不要让我上了,因为费用太高了,远不是咱农村人能承受的,何况家里只有爸一个劳力,爸也曾犹豫过,可最终还是拼命借钱让我来到了这里。

我们不知坐了多久,爸忽然惊叫起来:"你怎么还不回学校?回去迟了是要挨批评的。"

我倔强地说:"要我回学校可以,你得找旅馆住下,现在是秋天了,夜里露水很重的。你不住下,我就不走,一直陪你到天亮。"

爸一听噎了一下,眼睛就瞪起来了,我一向很害怕发火的爸,可此时此刻我不怕他,片刻之后爸痛快地说:"你长大了,敢跟老子讲条件了,行,这回我听你的,走,咱爷儿俩一起动身。"

于是,在如水夜色里,在凉爽的夜风里,我和爸站起身拍拍屁股各奔东西,我回学校,爸去找旅馆。

第二天天还没完全亮,我又来到火车站,我估计小气的爸爸肯定不会吃早饭的,哪怕是一碗面条,而且昨晚他也没吃饱,所以我想强行劝他吃饱了再上火车,否则他会一直饿到家的。

可是我被候车室大门口的一幕惊呆了,只见台阶上,昨晚爸和我坐过的地方斜躺着一个人,他大声打着鼾,那么香甜、那么舒心,脸上全是满足的笑容,那正是爸爸!或许因为我,他正做着许许多多美好的梦吧?

惊呆的远不止这个,我还看到台阶上、广场上,横七竖八地坐着、躺着许多人,他们都是跟爸爸一样的装束、一样的肤色、一样十分满足的神情。

原来这世上不止我爸爸一个人"小气"。